BONNE NUIT LA VIE !

Collection
Art de vivre

Fernande Goulet Yelle

BONNE NUIT LA VIE !

SEPTENTRION

Les éditions du Septentrion remercient le Conseil des Arts du Canada et la Société de développement des entreprises culturelles du Québec (SODEC) pour le soutien accordé à leur programme d'édition, ainsi que le gouvernement du Québec pour son Programme de crédit d'impôt pour l'édition de livres. Nous reconnaissons également l'aide financière du gouvernement du Canada par l'entremise du Programme d'aide au développement de l'industrie de l'édition (PADIÉ) pour nos activités d'édition.

Directeur de collection : François Baby

Papillon identifiant la collection : Camille Proulx

Image de la couverture : *La Petite Blanchisseuse*, Pierre Bonnard

Révision : Solange Deschênes

Mise en pages et couverture : Folio Infographie

1300, av. Maguire
Sillery (Québec)
G1T 1Z3

Dépôt légal – 2e trimestre 2004
Bibliothèque nationale du Québec
ISBN 2-89448-374-0

Diffusion au Canada :
Diffusion Dimedia
539, boul. Lebeau
Saint-Laurent (Québec)
H4N 1S2

Ventes en Europe :
Distribution du Nouveau Monde
30, rue Gay-Lussac
75005 Paris France

Prologue

ICI, UNE MAGNIFIQUE ÉCRITURE franchit les frontières entre la réflexion, la narration et la poésie. On trouve donc d'abord, à la lire, un pur plaisir esthétique. Il y a là des phrases lumineuses, ciselées, polies, comme autant de pierres précieuses qu'on désire garder avec soi. Puis, il y a des événements et quelques personnages jaillis du souvenir, dont la si attachante Lola et cette chatte Gaïa qui représente si bien le désir qu'a tout être humain, quel que soit son âge, d'être bercé. Entre le rire et les pleurs, les récits livrent tous, à la manière d'une longue confidence, quelques secrets de l'âme de l'auteure qui vont et viennent de l'enfance à la vieillesse et de la vieillesse à l'enfance, parfois dans la détresse et la frayeur, parfois dans l'enchantement et la fascination.

Les mots choisis disent les racines culturelles, philosophiques et littéraires de l'auteure. Mais, plus encore, ils proposent en un grandiose « concerto », des variations sur les grands thèmes incontournables du temps humain : ceux de la naissance et de la mort, de la présence et de l'absence, de l'amitié et de la solitude, de la mémoire et de l'oubli. Puis, chose importante, ils laissent place au silence, ouvrant ainsi un espace intérieur qui renvoie au mystère même de la Vie.

Un mot sur la peinture de Bonnard, choisie par l'auteure, sur la page couverture. Elle dit si bien le propos tenu tout au long de ce livre. Car on ne sait s'il s'agit d'une enfant, comme la petite Lola, portant son grand panier de rêves, ou d'une vieille dame, marchant en ses souvenirs tout en s'appuyant sur son long parapluie.

Bonne nuit la vie, c'est d'abord un mot de tendresse à la Vie. C'est aussi la conscience du temps qui renvoie dans les ombres étranges de la nuit les précieux instants de ce jour advenu.

Bonne nuit la vie: un magnifique « concerto » sur le temps.

JEAN PROULX
Philosophe et écrivain

À ceux et celles qui,
près de moi,
ont marché jusqu'à perte de vue.

À Lola
La petite fille rebelle

La vie c'est chat

« La vie, c'est chat. Parce que les chats aiment les fenêtres et la nuit, parce qu'ils viennent quand on ne les attend pas. Oiseau aussi, la vie, c'est chouette et merle, c'est monte comme l'aigle, cela chante aussi fort que le moqueur sur la cime.
Et c'est renard à la queue de feu, ours reniflant dans les vieux nids. Cuisant comme la guêpe, têtu comme le grillon en fin d'été.

...

Je vous le dis, moi qui suis presque aussi ailé que vous, les enfants, la vie, ça galope. Elle est tellement cheval que le souffle me manque à seulement le dire. »

PIERRE MORENCY

Je ne sais pas les choses à les dire

Je sais les choses à les taire.

Inspiré du film *Les Enfants*
MARGUERITE DURAS

SUR DES CHIFFONS DE PAPIER ÉGARÉS : des mots sans prétention qui ne portent ni la somptueuse robe du savoir ni l'espoir qu'en surgisse une œuvre littéraire. Et pourtant, des mots qui refusent de se taire sur ce qui, un jour, a eu lieu. Dans les tiroirs encombrés, heure après heure, ils ont monté la garde pour sauver de tout petits riens qui risquaient de se perdre dans l'oubli. Ils vivaient là, silencieux, dans l'attente qu'un jour on les remette en liberté.

Puis, le temps est venu à l'instant précis où la neige tombe sur ma mémoire. Étalés sur la grande table ronde de la salle à manger, ces mots, tantôt sur toile de fond d'une enfance retrouvée, tantôt sur ce qui dit l'espoir ou le regret, tantôt sur les amours perdues ou la solitude choisie, ces mots, courageusement, ont résisté à l'usure du temps.

Ces chiffons de papier, qui semblent être le reflet d'un déshonorant fouillis, ressemblent étrangement à la vie qui, elle, ne fait pas toujours dans la dentelle et la transparence. En tout respect pour leur résistance à se laisser enfermer dans une structure rigide et sans faille, je laisserai volontiers mes mots se ballotter au grand vent d'une liberté retrouvée.

Voici donc des mots d'ombre et de lumière sur la danse de Shiva.

Libre au lecteur attentif de découvrir les lames de clarté timidement dissimulées sous les ombres têtues d'une vie.

Dites-moi le temps

Il fait un soleil d'automne.

Le sommeil m'avait conduite ailleurs. Quelque part dans la rupture du temps. Dans l'inconscience du lieu qui me contient. Je tente de me remettre au monde dans l'espace de ce jour qui m'est offert.

Je ne retrace plus les contours de mon existence. Je suis ici et nulle part.

Sur ma table de travail : des livres où se décomposent les strates de ce qu'on croit être le réel. *Amélie ou la concordance des temps.* Ce vieil historien, accidenté de la route, circule dans un temps qui n'est pas le sien. Il s'enfonce dans les pages de l'histoire, s'égare, se retrouve, isolé dans sa perception de l'âge des choses.

Aussi *La Trilogie de l'invisible* où Emmanuel Schmitt nous invite dans les plus obscurs replis du temps. Le signet le garde ouvert à la page 38. *Oscar et la dame rose* : un tout petit bonhomme pour qui le temps est à la renverse puisqu'il va mourir. Chaque infime moment de son existence — par la magie de ses pensées — le conduira dans le vieil âge. Au soir de sa mort, dans un corps d'enfant, il aura cent ans.

Au loin, les cloches de mon église sonnent le glas. Quelqu'un demain sera soustrait du registre des vivants.

Comme tous les matins, la chatte joue et fait mille pirouettes sur son ombre.

Marguerite Yourcenar, il y a cent ans, entrait dans l'histoire. Je pense que c'est en fin de vie qu'elle écrira *On n'enterre pas les immortelles.* Sur ces mots, voilà que ma mémoire s'éveille au souvenir d'une pluie de fleurs dont je couvrais le corps de celui qu'on allait enfermer dans le cercueil pour ensuite le cacher sous la terre gelée.

À la radio, on chante « je pense à toi quand je m'éveille ». D'où me vient ce serment ? Je chavire.

Tout se superpose et se bouscule dans ma conscience encombrée.

Je tremble. J'ai peur.

Où êtes-vous ?

Dites-moi le temps. Dites-moi l'espace.

Dites-moi qu'il fait beau là-bas.

Quelle heure est-il ?

Plus loin que le présent

Ce n'est pas pour éclairer ou éclaircir la vie
que l'on écrit, mais, au contraire, pour jeter
de l'ombre au visage de la lumière,
pour ne pas voir et cheminer dans le noir
[…]
pour redonner aux faits et gestes
de la vie tout le mystère dont,
avec le temps, on les a dépourvus.

PIERRE BERTRAND

MAIS D'OÙ ME VIENT, sur fond d'urgence, ce besoin de reprendre la plume ? Cet impétueux désir de mettre des mots sur les tout petits riens de ma vie qui s'épuise ? Une urgence qui s'énerve et sur laquelle je referme mes doigts, comme on le fait pour capturer un papillon affolé à la surface d'un miroir.

Écrire avant que la conscience de vivre ne parte à la dérive, emportant avec elle un présent qui se dérobe parfois sous l'insoutenable turbulence de ma raison.

Écrire pour arrêter le temps, de crainte qu'il ne m'engloutisse sans retour dans l'espace de l'oubli et la totale absence à moi-même. Jour après jour, tout en moi devient si fragile qu'il suffirait d'un moment de distraction pour que s'effritent à jamais la cohérence de mes gestes et la justesse de mes mots.

Écrire pour m'inscrire quelque part dans la durée, plus loin que le présent qui, à force de renaître, m'échappe d'épuisement.

La vie : un battement d'ailes

Dans le présent, tout s'éteint et se renouvelle sans cesse, à la fois dans la détresse et dans l'enchantement. Mais, à chaque instant, l'éternité joue et danse dans le temps.

JEAN PROULX

TANT DE FOIS, éprise d'une folle illusion, j'ai tenté de retenir dans mes doigts l'espace du bonheur. Tant de fois, j'ai déposé des rêves d'éternité sur des ailes d'oiseaux et, tant de fois, j'ai angoissé sur ces instants si courts qui, visiblement, étaient en train de m'échapper.

Je refusais de comprendre.

Il m'aura fallu tous ces jours d'épuisement pour mieux saisir que tout ce qui s'inscrit dans le temps, à peine à la surface des choses, doit inexorablement basculer dans un autre espace : celui d'un passé irréductible. Coincé entre ses deux grands frères, l'instant présent, de crainte de déranger, se fait infiniment petit et d'une fragilité telle qu'il se laisse aussitôt projeter dans la fatalité de ce qui meurt. De telle sorte qu'on passe sa vie à piquer du nez dans le vivre et le mourir. C'est la dynamique des contraires qui fait qu'on habite le temps. À peine est-on suspendu à un instant de pur bonheur, qu'on se retrouve emporté avec lui dans le vide et l'obscurité de ce qui n'est déjà plus.

Mon obsession d'immortaliser les petits et grands bonheurs n'a pas eu raison de cette exigence de ma temporalité. Aussi, que de fois j'ai noyé mes bonheurs dans la peur de les perdre ! Fallait-il donc assumer cet incontournable destin ?

Et c'est ainsi que m'est venue l'idée de dire : « Bonne nuit la vie. » Comme si je souhaitais prononcer un affectueux adieu à ce qui se lasse et m'échappe ; à ce qui doit quitter l'espace du présent pour laisser surgir ce qui tente de venir au monde.

Dire « Bonne nuit la vie », c'est honorer le jour et lui offrir l'horizon fuyant de nos utopies.

Dire « Bonne nuit la vie », c'est apprivoiser les ombres de la route, c'est pénétrer le mystère et consoler les amours perdues, c'est ouvrir grand les bras sur l'absence et se réconcilier avec l'incertitude et, parfois, danser sur l'inconnu.

Dire « Bonne nuit la vie », c'est honorer le jour et lui offrir l'horizon fuyant de nos utopies. Je dirais que c'est avant tout consoler l'irréparable et chanter une berceuse sur le temps qui passe et ne revient pas.

Car la vie n'est qu'un battement d'ailes entre ce qui n'est pas encore et ce qui n'est plus.

Disant cela, je sais que les trois temps de mon existence sont tissés du même fil et que l'un ne peut être sans la dynamique des deux autres, à moins que la conscience du réel ne quitte l'ordre des choses.

Et c'est sur toutes ces nuits où sommeillent pour toujours les moments égarés que j'ose dire : « Bonne nuit la vie. » Car le jour ne peut avoir le parfum du bonheur, à moins que la nuit n'ait été, autant de fois, amoureusement bercée.

Bercer la nuit

À L'ENTRÉE DE LA BIBLIOTHÈQUE de mon quartier, où je viens régulièrement respirer autant l'odeur de l'encre fraîche que l'étrange parfum des livres anciens, une lectrice, les bras chargés de livres, venait régler le compte de ses emprunts. Présumant, comme à l'habitude, que les grandes créations sont celles qui ont déserté les rayons, je prenais un malin plaisir à découvrir, du bout des yeux, les titres qui allaient reprendre leur place à l'étalage.

Cette fois, mon intuition avait visé juste car un livre, signé Christiane Singer, annonçait le thème de la nuit. L'auteure savait-elle mon obsession pour les secrets de la nuit? Allait-elle enfin me révéler ce qui se cache derrière l'épaisseur du temps où se réfugient les dormeurs?

Le livre dans mes mains sentait bon et c'est avec une avidité non retenue que j'entrai dans le propos qui, dès ses premières lignes, me laissait présager le meilleur. Un cadeau m'était offert: celui d'un regard neuf sur les ombres de la vie.

L'auteure du titre *Les Sept Nuits de la reine*, dans une écriture mordante et finement chargée d'évocations, ne tarda pas à me reconduire dans une version étonnante de la création. De toute évidence, j'étais loin d'un récit historique portant sur une royauté d'autorité pour laquelle je n'entretiens aucune vénération. Ce qui d'ailleurs me rassurait.

> Pourquoi sept nuits ? me demanderez-vous.
> Parce que Dieu a créé le monde en sept jours et l'a confié aux hommes, il a donné aux femmes la garde des nuits. Il faut en comprendre la raison. Les nuits sont trop immenses, trop redoutables pour les hommes. Non, bien sûr, que les femmes soient plus courageuses ; elles sont seulement plus à même de bercer sans se poser de questions ce que la nuit leur donne à bercer : l'inconnaissable.
>
> CHRISTIANE SINGER

Il y avait dans ce propos une intuition si fascinante que je dus m'arrêter, reprenant quatre fois la lecture de ce passage. Selon l'auteure, le Créateur, dans son souci de bien faire les choses, venait d'honorer la femme d'une lourde responsabilité qui n'a d'égale que le poids du mystère qu'elle contient.

J'étais ravie sans toutefois souscrire à l'idée que la femme laisse peu de place aux questions qui résistent à la logique humaine. Il est juste toutefois de croire qu'il y a chez elle une aptitude particulière à contenir le mystère, à l'apprivoiser, mieux encore : à le rêver.

En arrière-plan de cette réflexion qui me donnait à espérer, se profilait l'image de ces femmes qui, au cœur des nuits, nourrissent les nouveau-nés, les consolent et les bercent jusqu'au dernier cri d'inquiétude et de souffrance.

À quelle évidence aussi nous convie le visage de ces autres femmes qui, pendant que les hommes font la guerre, fendent l'air de leur désespoir, tenant bien serrés contre leur ventre vide les enfants terrifiés qui, demain, mourront sous les balles.

Au contact de ces émouvantes réalités, me voilà sur le point de mieux saisir les vertus qui permettent de dire de la femme qu'elle est gardienne de la nuit. Car c'est la nuit que les enfants sont menacés par les fantômes. C'est la nuit que le malade refuse l'échéance du dernier soir. C'est la nuit que le vieillard, en mal de sommeil, cherche vainement le souvenir de son enfance et de ses amours perdues.

Toute guerre, tout désordre humain, toute forme de souffrance nous rappellent que la création traverse une nuit, qu'elle pleure et qu'elle réclame d'être consolée, rassurée, portée dans son désir de jubilation et de renaissance quotidienne.

Je dirais aussi que la femme est gardienne de la nuit au sens où elle est gardienne du mystère de la vie. Gardienne du silence qui nous renvoie infailliblement dans la tourmente de nos insécurités profondes. Gardienne des valeurs qui soudent les unions au-delà de leur immense fragilité. Aussi, parce que la femme entend mieux dans l'obscurité des nuits la respiration des fleurs et le labeur des hommes qui, selon Christiane Singer, ont la lourde responsabilité des jours.

Gardienne de la nuit, la femme porterait, selon moi, une large part de l'indéfinissable et des ombres qui se déposent sur l'existence. Il y a, bien sûr, la nuit des souffrances inutiles, la nuit de toutes les désunions et des espoirs perdus, les grandes nuits de l'esprit qui se bute à l'impuissance de comprendre, et combien d'autres !

> Elle porte le devoir de bercer la nuit comme on berce un enfant qui a du mal à venir au monde.

Faut-il donner à la femme une telle responsabilité ? Faut-il croire qu'elle porte le devoir de bercer la nuit comme on berce un enfant qui a du mal à venir au monde ? La femme est-elle, dans sa nature même, porteuse d'une royauté qui l'oblige à soulever de son amour de femme une aussi large part du mystère d'une création qui n'en finit plus de se faire ? Dieu aurait-il été téméraire de l'appeler à une telle vocation ?

Ce que je sais c'est que, sous la lueur d'un quartier de lune, la femme pénètre plus avant dans l'espace du sacré, que ses veilles ressemblent à une suppliante prière que n'épuisent ni l'épaisseur du temps ni la détresse humaine.

Va pour l'honneur fait à la femme Reine de la nuit ! Mais le Créateur, dans sa précipitation à finir sa création, ou par un mauvais calcul, aurait-il donc sous-estimé la capacité du bel Adam à prendre la relève au moment même où les exigences de la nuit réclameront quatre bras, et bien davantage, pour soulever le poids des ombres sur une création sortie de ses rails ?

Depuis, les hommes, eux, ont si bien compris que nombre d'entre eux percent merveilleusement bien le mystère de la nuit. On retrouve alors chez ceux-ci le souci du regard et « l'âme à la tendresse ».

Une ville qui dort

Chaque lumière, vue d'en haut,
Dans cet océan de ténèbres,
Signalait le miracle d'une
Conscience.

SAINT-EXUPÉRY

IL FAIT NUIT. Les bruits de la ville ont fait place au silence. Dans les maisons, une à une, s'éveillent les bougies. Les demeures, grandes ou petites, riches ou pauvres, deviennent des lieux secrets où se cachent le mystère des êtres et la couleur des vies. Derrière les rideaux qui se sont refermés, on devine la fatigue du jour et les enfants qui, sous des draps froissés, sombrent dans le sommeil et le rêve des jeux. La présence humaine entre lentement dans le rythme du temps qui couvre la nuit. La terre, vue d'en haut, subitement, s'illumine et ressemble à une cathédrale.

Habitée par la fuite du temps, à pas de rêverie je rentre chez moi où m'attendent une chatte qui ronronne, la présence de mes livres, les vieilles photos fixées aux murs, les souvenirs de Palestine, les objets minutieusement choisis dans les greniers des antiquaires et qui reflètent fidèlement le caractère sacré d'un passé qui m'échappe. Et combien plus encore, et je le sais, m'attend l'alternance d'une solitude choisie et d'un espace déserté.

Cette maison, c'est la mienne. Elle ne ressemble à aucune autre, car elle est le lieu secret qui me contient et reflète la forme de mes intimités. Une demeure qui accueille et qui se referme sur l'absence. Une demeure aux couleurs soutenues, où la lumière feutrée sur les murs révèle les heures du jour, où le visage du clown au vitrail de ma chambre se retire tout doucement alors que le soleil quitte le jour. Une maison enveloppante, pas plus grande qu'un nid d'oiseaux, d'où l'on entend la musique de Schubert et la voix grave de Barbara. Une adresse sans prétention mais bien connue du jeune facteur qui dépose au petit matin les lettres d'amitié et les comptes oubliés.

À cette demeure qui me ressemble, manque la grande galerie qui faisait un collier à la jolie maison blanche de mon enfance. Aussi, les trois frênes où, jadis, sous la brise du soir, se déployait l'âme d'une enfance. La vie a apporté avec elle de bien grands moments. Nul n'y échappe. Et la mémoire pourtant si fragile se souvient.

Dans toutes les maisons où vivent les vieillards, il y a d'interminables silences et de longues heures de recueillement. Plus encore, des attentes inutiles qu'on ne dit pas tout haut, de crainte qu'elles ne deviennent insupportables.

Ce soir-là, tout comme lorsqu'elle berçait sa poupée aux cheveux dorés, la petite Lola, serrant très fort contre elle le gros oreiller de duvet, d'une voix suave murmurait :

« Bonne nuit la vie. »

La poupée de chiffon

La poupée de chiffon, qui partageait la chambre de Lola, cette nuit est tombée par terre.

Les cheveux défaits et les genoux au menton, elle venait de mourir.

Lola, au réveil, constatant l'absence de celle qui devait dormir près d'elle, se précipita hors du lit pour découvrir sa petite sans vie sur le tapis de laine. D'un geste spontané, elle lui tendit les bras, l'interpellant d'une voix d'autorité. Mais voilà que, subitement terrifiée par l'horreur et la peur que sa tête ne se détache de ses épaules, elle refusa de la soulever.

Le visage couvert d'une frayeur indescriptible, elle ne pleu-rait pas. Étonnée d'elle-même elle sentit ses mains se glacer et son cœur s'affoler comme le vieux cheval du grand-père qui s'emballe au contact d'un maître qui, trop souvent, s'énerve à en perdre la raison.

Lola, à ce point affligée, se sentit coupable de quelque chose qu'elle n'arrivait pas à comprendre. Allait-on l'accuser d'avoir été méchante avec sa poupée aux cheveux dorés ? L'avait-elle grondée trop fort le soir où elle pleurnichait dans sa couche mouillée ? Qu'allait dire sa mère qui, tant de fois, lui avait appris à être patiente avec celle qu'elle nommait Micha ? Et surtout, qu'allait-elle devenir toutes ces nuits où, désormais, elle devra dormir seule dans un lit déjà trop grand ?

Elle sentit son enfance lui échapper et, brusquement, sortit en claquant la porte de la chambre. Épuisée, comme si elle venait de faire mille fois le tour de la terre, elle courut au fond du jardin dans le déguisement d'une petite fille de cent ans.

En sanglots, honteuse et sans voix, elle prit le chat sur ses genoux et berça pour la première fois le plus douloureux mystère des ombres sur la vie.

La lettre perdue

... ton âme est quelque part
sur les collines de chair oubliée
et le temps c'est mon soulier
à creuser contre le ciel.

Gaston Miron

Le temps a passé. Il n'a presque rien changé à ma difficulté de perdre. Jour après jour, presque à mon insu, il m'a portée jusqu'à la vieillesse. Entre deux vagues de fond, des espaces de paix et de consentement à la vie. Des rebondissements. Des retours en arrière. Des nostalgies à perdre la raison. Des odeurs de printemps et des hivers de poudreries qui brûlent le visage et rident les yeux.

Rien n'est jamais terminé. Quelque part, au-delà de la vie trépidante, au-delà de la conscience qui sommeille, c'est tous les jours qu'on cherche les absents.

Bien naïf est celui qui croit pouvoir se sauver de son passé au profit d'un présent dont le sens contiendrait à lui seul toute son existence. La vie humaine est histoire. Et rien de ce qui compose cette histoire ne supporte l'outrage de la fuite.

Malgré la peur que j'éprouvais à me retrouver seule à la maison de campagne, j'y revenais. Comme si je ressentais le besoin de me rassurer. C'était là que brutalement s'était arrêté le temps des épousailles. C'était dans cette grande demeure isolée par le froid et la poudrerie qu'un après-midi de février la mort était venue tout saccager, emportant avec elle le dernier souffle de celui qui partageait mon existence. Depuis, un silence d'outre-vie se posait sur les choses. La fêlure était irréparable.

Poussée par une insaisissable hantise, j'y entrais sur la pointe des pieds, avec le respect que l'on doit à un lieu déserté par le temps. Tout doucement, je pénétrais l'espace, mesurant mes pas un à un et dépliant avec inquiétude mes plus petits gestes. Comme si je craignais qu'au moindre mouvement, au moindre bruit, les objets ne se remettent à vivre. Étrangement, je ne le voulais pas. L'immobilité de ce lieu clos sur lui-même, quoique me causant une certaine frayeur, ne me confirmait pas moins l'existence de ce qui avait eu lieu. Et, de toutes mes forces, je retenais de mon souffle le souvenir, de peur qu'il ne bascule dans le néant. Alors, dans la clandestinité la plus absolue, je circulais comme une ombre dans l'espace immobile. Des heures durant, à la lueur de la nuit, je dépouillais les tiroirs, regardant à la loupe les photos d'autrefois et les lettres jaunies.

Cette fois, il devait bien être quatre heures du matin lorsque, tout à coup, je découvris au fond d'une commode un paquet de vieilles lettres solidement tenues par une ficelle blanche.

Émue, voilà que je tenais dans mes mains de nombreuses cartes postales couvrant l'itinéraire d'un long périple au Moyen-Orient. L'une d'elles attira vivement mon attention par le message rapide qu'elle contenait :

« Le temps passe et ce voyage me pèse. Une absence trop longue nous sépare. Je me mets en route vers Paris et je tente de rentrer. Je t'embrasse. »

Alors, comme si j'eus totalement perdu contact avec le réel, je me précipitai vers le petit bureau de travail et, de ses tiroirs encombrés, je sortis un morceau de papier froissé. Puis, de mémoire, j'adressai fébrilement une enveloppe de la manière suivante :

Chambre Côté Jardin
Hôtel des voyageurs
Boul. Saint-Germain
Paris

Et sans réfléchir au geste étrange que me dictait ma précipitation, d'une seule foulée, je traçai ces lignes de la main gauche :

Ce matin, ma solitude crie.
Ses gémissements ont repoussé l'odeur du café chaud.
Le feu de bois s'est étouffé sous les cendres refroidies et la maison est sans vie.

On dirait que la terre est morte.

Sur la route, la rafale soulève les traces de pas et déforme le sentier qui conduit au grand chemin.

Le chat de tout son corps ronronne comme s'il voulait soutenir le rythme du temps qui se lasse faute d'espoir.

Il faut venir.

Puis, aux premières lueurs du jour, bravant les bourrasques du vent, je m'enveloppai de mon châle de laine d'agneau et courus jusqu'au lieu où le courrier devait être levé le matin même. À mon retour, j'aperçus dans les yeux de mon chat un calme revenu. Il s'était enroulé dans son fauteuil de nuit et s'apprêtait à reprendre le sommeil perdu. Étrangement, je me sentis rassurée. Alors, je me dirigeai vers la vieille remise, d'où je rapportai une superbe bûche d'érable que je gardais pour une grande circonstance.

Il y avait longtemps que je n'avais pas eu froid de cette manière. Cette expérience remontait à cette heure précise de février alors que le destin avait frappé si fort, que je m'étais mise à errer comme une vieille femme dont la mémoire vacille et tente de s'éteindre.

Malgré mon malheur, jamais la course des étoiles ne s'était arrêtée. Des milliers de fois, la terre avait tourné sur elle-même. Il fallait donc tout recommencer, m'engager dans une longue remontée, puis renouer une à une les mailles de ce qui devait donner à ma vieillesse le poids de la douceur.

La solitude est une lionne déchaînée qui vous saute dessus dès que vous en avez peur.

Mais voilà qu'en cette nuit d'hiver j'avais oublié que la solitude est une lionne déchaînée qui vous saute dessus dès que vous en avez peur. Que la moindre panique ne pouvait que m'entraîner dans la spirale de la folie. Je savais bien aussi qu'on ne peut être conquérant, à moins qu'à bras-le-corps on ne prenne l'incontournable. Et parfois j'y arrivais de façon si réussie que je n'en croyais pas mes yeux.

Ce matin-là, les fantômes de l'absence étaient venus. Et ce que je croyais avoir si bien appris ne tenait plus.

Et ma lettre allait se perdre dans la nuit du passé.

La solitude...

De la solitude, nous ne viendrons
pas plus à bout que de la mort.
C'est ce qui fait que l'on aime et
que le temps passe ainsi, dans l'attente lumineuse
de ceux que l'on aime : car même
quand ils sont là, on les espère encore. On touche leurs épaules,
on lit dans leurs yeux, et la solitude n'est pas levée pour autant.
[...]
nous serions incapables de découvrir
cette solitude si quelqu'un ne nous en faisait
l'offrande amoureuse [...]. Cette solitude est le
plus beau présent que l'on puisse nous faire.
Elle brûle dans le jour. Elle s'illumine de nos absences.

CHRISTIAN BOBIN

Couleurs d'automne

Depuis des mois, dans un tourbillon de rendez-vous et d'amitiés retrouvées, je réinventais le plaisir de la cohabitation. D'une cohabitation tissée de ces petits bonheurs qui font oublier les grands chagrins du monde. Ma maison, comme par magie, était redevenue le lieu d'interminables repas du soir. De causeries gratuites. Et quelquefois d'intimes confidences qui, à mi-voix, font se rencontrer les destins secrets. Des journées truffées de balades en nature, de redécouvertes du fleuve qui n'en finit plus de traverser le pays et, plus encore, d'émerveillement et de silence lorsque, au petit matin, dans une infinie lenteur, se dépliait la lumière du jour sur les fjords du Petit Saguenay.

Une solitude subitement transformée par la présence des autres.

Et voilà que, cette nuit, le gel est passé au sommet des arbres. Et les fleurs au balcon ont pris un terrible coup de froid. C'est l'automne. Seule, j'ai la crampe au ventre. La chatte, à peine sortie du sommeil, à folle allure, a fait le tour de la maison. Jusqu'au fond des armoires. Oubliant les interdits et dans une euphorie débridée, elle s'est mise à bondir sur les fauteuils, les tables gigognes et — suprême désobéissance — jusque sur le clavier du piano. Puis, par un mauvais calcul, s'est heurtée au cadre de porte de la chambre d'amis, où dormaient la veille mes visiteurs. Étendue de tout son long sur le grand lit, dans la plus inconvenante désinvolture, elle venait de dire : Bon débarras !

Tandis que moi, j'avais à relever l'ultime défi de réapprivoiser l'absence. De revenir à une solitude à la fois redoutable et désirée. Alors j'ai préparé le café chaud. Puis, entourée de mes livres préférés — Dumont, Bobin, Yourcenar, Semprun et les autres —, sous la lampe torchère, me suis mise à l'écoute attentive de Glenn Gould. C'est à cette grande musique de Bach que je dois l'expérience d'une luminosité et d'une transparence, qui font fuir l'opacité du temps où se referment trop souvent nos existences. Une musique qui sait si bien me conduire ailleurs, dans un lieu d'harmonie et d'enchantement.

C'est dans le silence que l'être humain saisit bien les contours de sa vie.

Sans tarder, je reprendrai donc ma route et reviendrai tout doucement aux meilleurs moments d'une solitude choisie, sachant que c'est dans le silence que l'être humain saisit bien les contours de sa vie. Et que c'est là aussi qu'il touche, de la pointe des yeux, les profondeurs de l'être. Alors habité par une conscience accrue, c'est là qu'il se reconnaît unique et séparé de tous, chacun enclos dans sa présence au monde et refermé sur le mystère d'une existence qui lui échappe par sa naissance et sa mort.

Ma chatte Gaïa, elle, reprendra tous ses droits. Elle envahira toutes les pièces de la maison et me fera reculer dans mon propre confort. Je n'aurai plus droit à la chaise de velours, pas plus que je n'aurai tout mon temps pour prendre mon café du matin, puisqu'elle manifestera son impatience à recevoir ses caresses routinières et m'imposera une partie de jeu avec le cordon de la vieille robe de nuit. Après quoi seulement elle retournera reprendre le temps perdu à dormir. Cette position qu'elle prend lorsqu'elle s'enroule dans sa longue queue jusqu'à faire disparaître son museau me confond. Une étrange absence qui me cause une inquiétude d'enfant. C'est alors que revient à ma mémoire la voix émouvante de Reggiani lorsqu'il chante: « J'ai peur quand ma femme dort. »

Heureuse de me retrouver dans le calme d'une maison qui n'est pas tout à fait la mienne, je prendrai place à ma table de travail. Je fermerai les fenêtres à l'agitation de la ville et, dans l'urgence des mots qui virevoltent dans ma tête, je suspendrai le temps. Écrire, selon la merveilleuse expression d'Alain Médam, c'est « donner à l'être un abri ». C'est sculpter le temps et le mettre à visage découvert dans l'espace du jour.

Mais, vous qui portez à votre bras la montre d'argent, dites-moi l'heure qu'il fait sur mes jours.

Le temps des outardes

Le soleil vient de tourner le chemin
De ton ombre il va refaire ses désirs.
La nuit frissonne et se couche
C'est Dieu qui s'éveille ou l'oiseau
À moins qu'ils ne parlent ensemble
Ou que ce ne soit la brise qui mente
Ou le grand coup de lumière
Qui met sa tête sur mon épaule.

FERNAND DUMONT

NOUS PRENIONS NOTRE PETIT CAFÉ du matin face à la verrière d'où nous pouvions observer les migrations d'oiseaux. Ce devait être en avril. Le merle d'Amérique, celui que je nommais le prince, fouillait le sol mouillé à la recherche de nourriture fraîche. Et les roselins familiers, dans une cohabitation pacifique, avaient pris possession de la grande mangeoire. En ces jours de printemps, nous devions espérer de tous nos yeux le passage des outardes, ce moment de grande émotion où le majestueux défilé des oiseaux fend le ciel de Val-David, à la manière d'une consécration définitive de la saison des amours.

Nous avions pris nos places habituelles et nos grands bols préférés. Trois fois nous répétions le service du café, sachant que les petits rituels ont le pouvoir magique de nous faire mieux apprivoiser ce premier moment d'intimité. Nous étions l'un et l'autre lents à rompre le silence de la nuit. Une économie de paroles nous incitait à déplier soigneusement le jour. Aussi, à nous remettre au monde dans le respect de nos résistances mutuelles.

On aurait dit qu'il ne se passait rien entre nous, comme si le sommeil nous avait conduits ailleurs, dans un lieu où le mystère des êtres reprend tous ses droits. Nous ne reprenions pas nos propos de la veille et ne partagions pas notre dernière lecture. De simples gestes de cordialité se faisaient rassurants. Nous n'avions pas peur. Mais demeurions vigilants, conscients d'être à la frontière de l'absence.

Et pourtant, nous étions là. Dans l'odeur humide du matin, sur une même route, dans un même questionnement sur le sens des choses. Attentifs à la grande rumeur du monde, immobiles devant l'éclosion du jour et la renaissance de la terre.

Dans ce lieu de nos fragilités, au centre d'une tendresse silencieuse et tenace, soudés dans nos corps et nos espoirs, nous

Dans ce lieu de nos fragilités, au centre d'une tendresse silencieuse et tenace, soudés dans nos corps et nos espoirs, nous étions là, à la reconstruction silencieuse de nos élans fusionnels.

étions là, à la reconstruction silencieuse de nos élans fusionnels.

Dans l'odeur du café chaud, les yeux ravis par la lumière de l'aube, comme en bien d'autres moments de bonheur sage, nous ne savions pas que nous étions heureux. C'était hier.

Depuis, chaque printemps m'a reconduite jusqu'à l'horizon de ce matin d'avril où se déployait l'Âme de l'univers, alors que je me tenais agrippée à l'inaccessible et pourtant solidement fixée au sol. Saisie par la voix pressante d'un ailleurs qui, étrangement, semblait être le premier matin du monde, je demeurais là dans un refus d'abandon à l'ampleur d'un mystère qui brûlait mes yeux.

Je me souviens. L'aube se faisait fuyante et la part d'obscurité qui me rassurait, tout doucement, faisait place à l'ardent soleil du jour tandis que la terre basculait lentement dans une sourde agitation.

Aux fenêtres de la maison, le bonheur se faisait discret, peureux et sans voix, comme s'il se découvrait fragile dans un espace où se disputent l'ombre et la lumière, la peur et l'envoûtement. Dans un lieu où se loge une crainte enivrante. J'en appelais à la réconciliation de ce qui, en moi, espère et repousse.

Le bonheur, chez moi, est ainsi. Il porte une inquiétude. Sans visage, il refuse de se livrer à mon regard. Comme s'il avait un certain respect pour l'incertitude, et le clair-obscur où s'inscrit ma vie. Et c'est au creux de la mémoire silencieuse qu'en ce matin d'autrefois il a choisi de se dissimuler, sachant qu'un jour il allait rebondir, dépouillé du rideau de bruine qui cachait sa présence au temps où nous l'appelions de tous nos espoirs.

Et voilà que ce soir, alors que le vieil âge brise mes certitudes et me rend frileuse, le passé s'impose à mon souvenir. Dans le souci de consoler les amours perdues, il vient me rassurer, me révélant qu'autrefois le bonheur se tenait là, sous le vol d'outardes, présent d'une présence aussi discrète qu'un enfant qui, refusant d'aller au lit la nuit venue, se cache derrière une porte à demi ouverte.

Puisqu'il en est ainsi, désormais je ne poserai plus la question du bonheur. Je ferai silence et fermerai les yeux pour mieux saisir le murmure des souvenirs heureux. Puis, fermant l'album de l'enfance à la vieillesse, je dirai de mes jours :

C'était bien ! C'était parfois tellement bien !

Et pourquoi pas : Bonne nuit la vie...

Des marguerites au chapeau de grand-mère

DEPUIS FORT LONGTEMPS, elle attendait que tombe dans ses bras une énorme gerbe de fleurs qui lui remplirait l'âme. Cette nuit, vivement, elle s'affaira aux préparatifs d'un voyage dont elle rêvait depuis qu'elle était toute petite. Dans ses bagages : une robe de nuit, de la nourriture pour chat et quelques grosses pommes fraîchement cueillies.

Un appel à la gare lui confirmant le départ d'un train rapide en matinée, elle comprit qu'elle devait accélérer les gestes fébriles qui précédaient toujours ses départs. Lola avait grand mal à quitter sa maison. Chaque fois qu'elle s'imposait de le faire, elle rangeait tout dans un ordre parfait comme si elle n'allait jamais revenir. Elle faisait et refaisait les mêmes gestes et posait un regard inquiet sur les choses qu'elle devait momentanément laisser derrière elle. Sur la table de la cuisine, un message. Toujours le même : « Absente pour un temps indéterminé. Donner à boire aux violettes et prendre grand soin du lierre de la salle à manger. Ne pas oublier le chaton du voisin qui vient fin d'avant-midi pour une lippée de lait chaud. » Depuis qu'elle vivait seule, elle ne savait pas à qui s'adressaient ces mots. Mais, bizarrement, jamais ne quittait sans les déposer bien à la vue. Comme si, quelque part, elle pouvait compter sur le souci de quelqu'un.

La chatte Gaïa, de son nom de noblesse, appréciait les voyages impromptus, puisqu'ils venaient mettre du relief dans leur vie parfois trop rangée. Mais encore fallait-il qu'elle se sentît impliquée dans le processus de décision. Le sachant, Lola, dans une formule de courtoisie, lui proposa de partir. Elle comprit qu'elle acquiesçait joyeusement à l'empressement qu'elle mit à se dissimuler dans l'énorme fourre-tout que sa maîtresse portait toujours avec grande élégance de la main droite.

Lola s'essoufflait d'impatience. Son tailleur démodé, sa jupe trop étroite et ses souliers trop serrés la contraignaient à des pas raccourcis qui lui donnaient une démarche affectée. Ce qu'elle jugeait tout à fait de circonstance. Elle se sentait en retard mais devait néanmoins se munir des gants noirs de sa grand-mère, lesquels, assurément, allaient donner à son geste l'élégance d'une dame de la haute. Tout comme autrefois faisait sa mère lorsque, par coquetterie, elle laissait retomber sur ses yeux la voilette de son chapeau du dimanche. Elle se précipita alors vers le coffre antique de la chambre de visite et retrouva les gants de dentelle parmi l'héritage de broderies et de voiles de mariées. Et voilà que tout semblait à point.

À son grand étonnement, le fourre-tout déposé près de la porte lui parut infiniment plus gonflé qu'à l'habitude. Aux trop nombreux kilos qu'elle avait pris, Gaïa n'arrivait plus à se bien dissimuler. Consciente de ses propres rondeurs, Lola résolut d'éviter toutes remarques désobligeantes.

À la gare de départ, Lola refusa de se laisser gagner par la précipitation de ceux qui la bousculaient pour monter à bord. Elle avait la conviction qu'on épuise le bonheur à trop courir après. Allègrement, elle se faufila au milieu d'une marée de gens d'affaires dont l'allure manifestait bien qu'ils avaient l'habitude du voyage en première classe. Dans cet univers de luxe, qui n'était pas vraiment le sien, elle se mit dans la disposition du bonheur, suppliant sa conscience tourmentée par la misère du monde de ne pas assombrir ce moment qui, pour une fois, devait totalement lui appartenir.

La pluie tombait comme au jour de ses noces. Ce mauvais souvenir la rendit maussade et peu soucieuse de l'embarras que causait à l'entourage son énorme parapluie rouge sur lequel on pouvait lire : Merde il pleut !

Tout au fond du wagon, une toute petite place, la seule d'ailleurs, était demeurée libre. Un voyageur grassouillet profondément endormi occupant la presque totalité de l'espace, Gaïa et Lola allaient être coincées. De plus, condamnées à voyager à contre-courant de l'univers dans lequel elles souhaitaient se projeter. Contrariée, Lola fit nerveusement un trou d'aération pour sa chatte qui menaçait de vomir chaque fois qu'elle voyageait en marche arrière. Mieux vaut voir venir les choses, se disaient-elles toutes les deux. Les bonnes comme les mauvaises. Ou bien on se met d'attaque pour les coups durs, ou bien on savoure la démesure du bonheur annoncé.

À la fenêtre, Lola se laissait transporter dans un espace qui se dépliait à la vitesse de la locomotive. Les séquences de sa vie, comme les lumières, les vapeurs de cheminées, les villages, les clochers d'églises, les montagnes, l'horizon, follement se mettaient en mouvement et la propulsaient dans la magie de l'insouciance. Cette émotion lui rappelait l'énorme manège où, petite fille, elle avait vu le ciel à la renverse et la terre se rapprocher des étoiles. À cet instant même, elle se souvenait de ses expériences de cirque et de vertige. Lola, par mesure de prudence, alla vérifier le confort de Gaïa et replaça soigneu-sement le fourre-tout dans le sens de la locomotive. Elle ne pouvait en faire autant pour elle-même.

Dans la voiture qui la conduisait de la gare au Lincoln Centre, Lola tentait vainement de contenir son énervement. Et, sans être vraiment consciente du prix de la course, elle remercia le chauffeur et se retrouva bientôt dans le grand hall d'entrée de la place de l'Opéra.

La magie des lumières, le vaste escalier tournant qui la conduisait à la salle de concert lui donnaient à croire qu'elle était enfin dans le plus luxueux manège du monde. Ce qui ne lui fit pas oublier qu'elle devait emprunter la tenue de circonstance et déambuler précieusement jusqu'à la quatrième rangée du premier parterre.

Voici que le rideau se lève. Pavarotti apparaît dans un délire d'applaudissements. Une voix immense comme son corps. Verdi. Donizetti. *Don Quichotte. Ne pleure pas Sancho.* La foule se lève. Les fleurs abondent. Des balcons surgissent les bravos. Le rideau se ferme. Puis s'ouvre à nouveau. Debout, comme au centre du monde, Pavarotti enveloppe la foule d'un immense regard. Puis, laissant tomber son grand mouchoir blanc, jette sur Lola une pluie de marguerites plus légères qu'un pur bonheur.

Dans ma chambre où le soleil de mai traversait les dentelles pendues à la fenêtre, j'ouvris les yeux. Il devait être dix heures du matin. J'étais en retard.

La petite Lola dans la chambre voisine s'était enroulée dans une paresse qui n'en finissait plus de s'étirer. Sur la commode antique présidait toujours l'impressionnante photo de la grand-mère coiffée d'un chapeau de marguerites pour la noce d'or. Et sur la moquette du couloir, par étrange coïncidence, confus, le chat avait vomi. Tout comme celui-ci avait si bien habité mon rêve qu'il avait souffert de voyager en marche arrière, dans un fourre-tout démodé.

Les chats ne se trompent pas. Ils vous regardent dormir et partent avec vous dans l'intimité de vos rêves. Puis, le matin venu, ils devinent que, sous la couverture, vous avez les yeux ouverts et que vous n'avez plus sommeil. Ne faites surtout pas semblant. Ils iront vous gratter le dos.

Les chats ne se trompent pas. Ils vous regardent dormir et partent avec vous dans l'intimité de vos rêves.

Ce soupir de soie

Si je porte à mon cou
En souvenir de toi
Ce soupir de soie
Qui soupire après nous
Ce n'est pas pour que tu voies
Comme je m'ennuie sans toi
C'est qu'il y a toujours
L'empreinte sur mon cou
L'empreinte de tes doigts
De tes doigts qui se nouent
L'empreinte de ce jour
Où les doigts se dénouent.

FÉLIX LECLERC

L'insoutenable

CETTE NUIT, 20 octobre, dans un sommeil tourmenté, je t'ai vu, toi, circulant au milieu d'une foule réunie pour une circonstance qui te concernait. Tu portais le veston sport dans lequel j'aimais tant te voir. Celui que j'avais choisi pour ta dernière présence à l'église de ton village natal.

Le silence dans la pièce était insupportable. Les amis qui étaient venus, de toute évidence, étaient spectateurs d'un drame qui se préparait. J'étais stoïque et muette dans cette atmosphère de plomb. Tu m'observais à distance d'un regard que je ne te connaissais pas, d'un regard menaçant qui me faisait croire que tu allais partir.

L'écharpe de soie que tu m'avais offerte à mon dernier anniversaire était enroulée autour de tes doigts. Dans une démarche aussi élégante que mesurée, tu te dirigeais vers moi, libérant l'écharpe et faisant d'elle un cordon bien solide autour de mon cou. J'ai alors compris qu'avant que tu ne partes je devais mourir.

Le réveil fut brutal. La lampe allumée près de moi ne suffisait pas à me sortir de ce cauchemar d'une cruauté à me rendre folle.

Ce rêve, d'une inqualifiable tristesse, je le sais, ne t'appartient pas. Il me parle si peu de toi, si ce n'est qu'il m'a conduite dans l'absence de ton corps aujourd'hui inaccessible et qui, dans ma mémoire, n'a rien perdu de son irrésistible beauté, d'un pouvoir de séduction qui n'a pas cessé de me troubler. Tourmentée par ta mort, cette nuit me révèle des choses que je ne veux pas entendre, mais qui s'imposent comme une plainte à fendre l'air.

Cette écharpe-souvenir aux couleurs d'automne, ce souffle brisé au-dessus de ton absence, cette colère qui s'accroche à mes larmes me révèlent une mémoire souffrante qui crie dans l'épaisseur du temps qui me contient.

Comment donc dire Bonne nuit à cet irréparable ? Mais comment donc puisque le temps n'épuise pas la cruauté de cette déchirante absence ?

Et je t'attends toujours.

Le miroir aux alouettes

Avec d'infinies précautions, le médecin, épuisé d'efforts et de veilles, avertissait la jeune maman que, de toute évidence, l'enfant n'était pas faite pour la terre et qu'il fallait la laisser partir quelque part chez le Bon Dieu. Après avoir donné l'extrême-onction à une petite fille qui ne savait que faire de ces étranges prières, on se mit à attendre que le paradis ouvre toutes grandes ses portes.

Mais voilà qu'un matin où le soleil de tous ses feux entrait par la fenêtre Lola d'un changement subit se remet au monde. Tant pis pour le paradis! Les bouillottes chaudes, les suçons de glace qui font descendre la température, les mouches de moutarde et les ventouses qui tirent le mal, l'huile de ricin qui nettoie le dedans et les fenêtres grandes ouvertes qui laissent échapper les vapeurs de chloroforme ont un effet si magique et si décisif que le miracle s'accomplit. Il ne reste plus qu'à rentrer chez soi.

Une petite fille de cinq ans, dans une euphorie qui guérit les haut-le-cœur et la peur des aiguilles, quitte ainsi l'hôpital où elle devait mourir. À l'arrivée de la voiture devant la maison d'été où elle doit faire sa convalescence, un ange qui venait non pas du ciel mais du riche et lointain pays du Maine, offre ses services pour porter la petite malade jusqu'à son lit. Grand, élancé, beau comme un dieu, délicat comme un jeune amoureux, le séduisant cousin ouvre ses grands bras à la miraculée. Voilà que la terre bascule et que le paradis est à portée de main.

Comme une chatte qui se met en boule pour signifier son abandon, Lola, à peine dans les bras de celui qui allait la remettre au monde, laisse tomber sa tête dans l'encolure de chemise ouverte de son prince, dans l'espoir secret d'éveiller chez lui un surplus de tendresse. La magie s'opère. Un merveilleux frisson propulse la petite fille dans un grand désir amoureux. Un coup de foudre si immense qu'elle s'abandonne à un étrange plaisir dont elle ne connaît ni la source ni l'achèvement. Des bras qui s'ouvrent. Un moment d'envoûtement. Une flamme qui brûle. Un irrésistible élan vers la fusion qui enivre à perdre la raison.

Lola a cinq ans. Et la voilà métamorphosée en un petit bout de femme qui, pour toujours, sera habitée par ce premier frisson qui, à n'en pas douter, l'avait transportée — sans doute par erreur — jusqu'au pays des anges.

Demain, l'Américain quittera la maison de campagne sans jamais avoir compris qu'au fond de ses bras, ce jour-là, s'était caché un grand moment d'éternité.

Le vieillard qui ne s'arrêtait pas de marcher

Nous sommes si peu de chose,
la piste d'un bébé lièvre
dans la rosée du matin.

GROWFOOT

IL MARCHAIT À PAS COMPTÉS. Tout comme s'il voulait faire l'économie du temps qu'il lui restait à vivre. Avec sa canne blanche et ses lunettes épaisses, chaque matin, on le voyait venir au détour de la petite rue Claire-Fontaine, totalement concentré sur sa démarche lente, mais si ponctuée qu'on aurait dit un vieux moine dont le sens du devoir n'a jamais pris de retard sur l'heure de la prière. Les habitués du quartier semblaient reconnaître dans sa présence quelque chose d'indispensable. Ils le saluaient avec déférence. Mais le regard à demi-absent du vieillard laissait croire qu'il était entièrement préoccupé à bien soigneusement déplier l'espace dans lequel, tout le jour, il allait mesurer le temps. Les gestes de son corps devenus hésitants manifestaient néanmoins une élégance princière. On aurait dit un grand seigneur qui, de son regard sur l'horizon, prend possession de sa terre.

Sa vue, chaque jour un peu plus voilée, lui interdisait de faire seul la croisée des grandes artères. Et c'était au milieu des travailleurs distraits qu'il se glissait pour traverser la Grande Allée et emprunter le trajet qui allait le conduire au jardin Jeanne-d'Arc. C'était là que commençait son véritable parcours. Longuement, il s'arrêtait au palier supérieur du jardin comme s'il voulait accueillir au fond de lui toute la majesté du paysage qui se dérobait à son regard.

Cette manière de se tenir, tête haute et immobile, faisait étrange à voir, sa vision presque nulle tenant dans le noir absolu toutes choses à distance. Puis, attentif à l'éveil de la nature, tout doucement il se dirigeait vers les allées fleuries, respirant avec une sensualité remarquable l'odeur humide des fougères sauvages à peine sorties de leur sommeil. Ce premier rituel étant accompli, il entrait dans le rythme du marcheur infatigable. Tant de fois, il allait faire la ronde des lieux avant de les quitter pour emprunter les tracés secrets qui sillonnent le parc des Champs-de-bataille. Cent fois on allait le perdre de vue et cent fois on allait le retrouver. Comme un étranger dont on ne sait d'où il vient, un nomade à qui les divinités auraient donné par privilège extrême le don d'être partout et nulle part à la fois. Jamais il ne s'accordait de repos, à moins qu'un passant ne l'y invite pour un moment de causerie. Étrangement, il semblait être courtisé par des femmes qu'on aurait dites d'une autre époque. Celles qui, sans doute, dans la naïveté de leur âge, ne se sentaient pas inquiétées par la fragilité de leur propre existence.

Depuis fort longtemps j'observais le marcheur. Il devenait pour moi l'incarnation des êtres qui parcourent la terre. Des êtres qui se cherchent et s'éloignent, qui se touchent et se perdent, des êtres qui jamais ne se rejoignent totalement parce que toute présence aux autres porte la souffrance de l'absence.

Ce soir-là, dans mon désir d'entrer chez moi, je décidai de le faire par les sentiers du jardin fleuri. À cette heure avancée, je ne pouvais que m'y trouver seule, la tombée de la nuit étant habituellement le signal de départ pour les derniers promeneurs. Rassurée par la clarté d'une lune énorme et toute ronde, je m'acheminai dans l'allée latérale lorsque subitement je sentis près de moi une présence secrète. La peur allait me dicter de rebrousser chemin lorsque j'aperçus la forme d'une canne blanche appuyée à un banc de pierres dissimulé derrière un généreux plan de pivoines. Cette présence, dont la silhouette se perdait dans la nuit, ne pouvait être que celle de l'étranger.

Ainsi rassurée et infiniment ravie de cette rencontre inopinée, je m'avançai timidement, sollicitant du vieillard le privilège de partager avec lui ce moment de repos. Ce à quoi il acquiesça avec une joie non retenue. Comme s'il espérait être repéré par une présence humaine. L'occasion rêvée était donc venue. À cette heure où les lumières s'éteignaient sur la ville, la confidence devenait chose acquise et j'allais enfin savoir quelque chose de ce marcheur infatigable qui, tout le jour, prenait tant de souci à mesurer le temps et l'espace de sa vie. Et j'allais comprendre ce qui le rendait si tenace à poursuivre une course qui, ironiquement, le ramenait chaque soir à son point de départ, le règlement du centre d'hébergement l'obligeant formellement à réintégrer son gîte pour la nuit.

Mais, dans mon empressement maladroit à établir un premier contact, je commis un impair. À mon interlocuteur, j'exprimai mon étonnement du retard qu'il mettait à rentrer. Comme si, maladroitement, je l'accusais de s'être oublié quelque part sur un banc de pierres, dans le noir d'une planète qui s'apprêtait à dormir. Visiblement vexé, d'un ton ferme, quasi autoritaire, le vieillard répondit qu'il n'avait nul compte à rendre et qu'il tolérait mal le souci outrageant des autres qui pesait sur son vieil âge.

Puis, comme s'il avait oublié ma présence, il prononça d'une voix à peine perceptible: « Je suis un vieil irréductible, un déserteur, un insoumis qui méprise les contrôles et défie toute surveillance si bienveillante soit-elle. Et s'il arrive à mon corps fatigué de se glisser la nuit dans le lit étroit de cette alcôve qu'on m'a

> Depuis que le jour a quitté la prunelle de mes yeux, la nuit seule est ma complice.

assignée, ma tête, elle, jamais ne cesse de fuir, de courir, de me conduire un peu plus loin que la veille. Depuis que le jour a quitté la prunelle de mes yeux, la nuit seule est ma complice. Avec elle, j'entre dans le crépuscule des choses. Au chant des oiseaux, je sais l'heure du jour et l'odeur des fleurs me dit le temps qu'il fait. J'écoute la musique des voix humaines et j'entends le labeur des hommes. Chaque pas de ma course est un adieu à la terre sur laquelle je ne cesse de m'éloigner. Seuls mes pieds touchent le sol. Tout le reste en moi lentement s'absente. Ma mémoire, à elle seule, contient les paysages de mon enfance. Ils sont là, sous mes prunelles éteintes, comme des toiles précieuses qui s'allument et s'estompent sous la magie des odeurs qui couvrent les saisons. »

Puis, dans une tentative de séduction non dissimulée, il posa sa main sur mon épaule, m'avouant qu'à l'exception de la vue des belles dames il n'enviait nullement les voyants.

Ceux-ci, disait-il, trop souvent marchent à la surface du réel et de leurs yeux grands ouverts ne savent pas contempler l'âge des étoiles. Je ne refuse pas ce temps de mes derniers jours car nul autre moment, si intense fût-il, n'a réussi à me faire entrer dans le songe infini dont est issue l'existence de toutes choses.

Le vieillard ne s'arrêtait pas de parler. Et, ne sachant pas le rejoindre tout à fait, je demeurais muette, résistant à l'écho de ce qui se passait en moi. Bien sûr, je n'avais pas de canne blanche mais, jour après jour, s'installait chez moi la fatigue de vivre. Tant de pertes avaient marqué mon parcours et ce qui venait à ma conscience commençait à peser lourd.

L'arrivée d'un petit chat noir qui s'était glissé sous le banc de pierres me fit espérer un moment de gaieté. Mais le vieillard fit la sourde oreille. Son attention se portait sur sa route à finir. Aussi, après un instant de silence, il m'exprimait sans tristesse son désir de rejoindre sa femme qui, depuis trop longtemps, l'attendait de l'autre côté. J'ai fait mon temps, disait-il. Puis, avec un petit sourire en coin, il ajouta : « Tous les miens sont partis et, depuis tout ce temps que je suis seul, j'ai vainement cherché quel chemin ils avaient tous pris pour n'être jamais revenus. »

Reprenant sa canne blanche, il s'excusa d'avoir à marcher le dernier sentier de sa ronde quotidienne. À regret, je le regardai s'éloigner. Puis, ne pouvant supporter plus longtemps l'humidité qui tombait sur mes épaules, je repris mon sac et quittai les lieux.

Le lendemain, sous une pluie torrentielle, obsédée par le souvenir du vieillard, qui au dernier anniversaire était entré dans sa centième année, je partis à sa recherche. Munie de mon vieux parapluie, je refis le traditionnel parcours, espérant le découvrir à l'abri des gros arbres qui entouraient le jardin. Au dire des marcheurs, il semble que ce matin-là il ne soit pas venu se reposer sur le banc de pierres blanches.

Seul le petit chat noir, enroulé sur lui-même, était là d'une présence de suppléance.

À parler de partir
À parler de rester
J'ai le mal des nuages.
…
Bientôt seront partis
Mes amis de beau temps
Après les grandes pluies
Qui rempliront l'étang

À force d'arriver
Et de ne point partir
J'ai le mal des nuages.

À force de mourir
Sans changer de visage
Nous parviendrons à l'âge
Où l'on craint de guérir

GILLES VIGNEAULT

L'eau du désert

L'AVION VENAIT DE QUITTER LE SOL. Le ronronnement du moteur indiquait qu'il prenait de l'altitude. Ses ailes largement ouvertes le propulsaient violemment dans un ciel où le soleil — selon la croyance du pays — venait à peine de renaître. On aurait dit un oiseau de papier envoûté par la magie de l'espace, irrésistiblement attiré par le vertige du vide et se laissant aspirer dans le trou noir de l'inconnu.

Il devait être sept heures du matin. Un périple de treize heures séparait les voyageurs du moment où ils allaient descendre sur Montréal. Treize heures durant, ils allaient être immobilisés dans le ventre d'une frêle mécanique, dont la mission était de les tenir suspendus dans l'espace. Je cherchais à me rassurer. Et, de tous mes yeux, je tentais de revoir le sol. Mais l'évidence était là : la terre n'était plus le lieu qui contenait mon existence.

La tête dans le hublot, je me recroquevillais sur mon envie de pleurer. Au risque d'avoir mal, je refusais de me laisser distraire de ce moment précis où quelque chose de mystérieux m'échappait, de cet instant difficile où je sentais se rompre au fond de moi les liens fragiles que je venais à peine de tisser.

La conscience de cette rupture m'était brutalement venue à cet instant précis où j'avais vu apparaître dans la foule des non-voyageurs le jeune égyptologue inquiet et soucieux de nous accompagner jusqu'au bout. Sachant la procédure de départ parfois fort éprouvante, il était fidèlement accouru, ignorant qu'il venait trop tard. Les lignes de contrôles étant franchies, la distance séparait de plus en plus les voyageurs de ceux qui devaient demeurer sur le quai. Impuissant devant l'irréparable, le bel Égyptien, longuement, s'était immobilisé à la frontière, ne se lassant pas de répéter un dernier geste de la main. Puis, sentant le dernier moment venu, cent fois il s'était déplacé dans l'espoir naïf de se rapprocher de l'endroit où les voyageuses allaient disparaître. Et d'une voix émue, presque éteinte par la distance trop grande, il avait crié : « Il faudra m'écrire. Dites, vous le ferez ? » On aurait dit les colonnes de Karnak s'allongeant sur la pointe des pieds. Mieux encore, l'âme de l'Égypte s'agrippant de tout son poids aux bagages déjà lourds de ceux pour qui les départs ressemblent toujours à des abandons.

Je me souvenais de la gare d'Avignon. De Kimper. De Tel-Aviv. De tous ces quais de gare où, jadis, j'avais dû étouffer, au fond de ma gorge, mon refus de me séparer.

Dans ce pays géant où dorment les Pharaons, il y avait eu, bien sûr, les spectaculaires pyramides de Gizeh, l'omniprésence et le prestige de Ramsès II, des palais royaux, les trésors retrouvés au tombeau de Toutankhamon, l'allée royale des sphynx conduisant à cette forêt de 122 colonnes qui devaient soutenir le temple d'Amon à Karnak, le spectaculaire barrage d'Assouan, puis, à la mesure de l'audace humaine, le miracle d'Abou-Simbel. Tant et tant d'exploits qui ne peuvent échapper au regard du touriste ! Je me rappelais les morts du pays dans leur écorce de papyrus qui, dans l'attente ferme d'une résurrection prochaine, au fond de leur tombeau, gardent les yeux ouverts sur un au-delà certain. Puis, je prolongeais en moi le souvenir du splendide coucher de soleil qui, la veille, faisait de l'ombre sur la vallée des Reines.

Et pourtant, au moment de partir, je me sentais infiniment plus habitée par le souvenir du vieillard transportant sur sa nuque l'énorme pierre égarée dans les ruines de Saqqarah. Et de cet autre, accroupi près du temple d'Edfou, enlevant de son menu pinceau, une à une, les poussières charriées par le vent du désert. Avec une infinie tendresse, je revoyais le beau et jeune premier qui nous avait conduites sur les sites du Caire et dont le nom, Sabri Moh Ali, traduit la patience d'un métier qui permet au visiteur d'entendre battre le cœur du pays. C'était cet homme, aux plus fines délicatesses, qui, un après-midi où le soleil était particulièrement lourd, avait fait seul une longue course à pied dans un endroit désertique, afin de rapporter une bouteille d'eau fraîche à ses deux visiteuses assoiffées. Une course fort éprouvante pour un homme qui, respectant les exigences du ramadan, s'interdisait de boire jusqu'à la tombée du soleil. Refusant d'être payé pour une eau pure dont il aurait dû être le premier à s'abreuver, il manifestait à la face du monde les trésors de générosité que cache l'âme de l'Étranger.

Du haut de l'espace, je savais que, désormais, plus rien de la vie du Caire n'allait être accessible à mon regard. Ni le fourmillement matinal d'une population immense qui se dispute le droit de passage dans les rues encombrées. Ni la précipitation des jeunes travailleuses dans leur tailleur de femmes contemporaines. Ni la démarche ralentie de ces belles dames voilées dont les gestes rappellent la générosité de Véronique. Je savais que plus jamais je n'allais être fascinée par les attroupements d'enfants qui troquent, avec une incroyable ténacité, la tête d'Horus ou le sphinx d'albâtre. Et je n'allais plus être témoin de l'épuisement des petits ânes qu'on soumet à un trop lourd chargement et qui, malgré leur entêtement légendaire, n'ont jamais réussi à ralentir la vie trépidante d'une métropole de quelque douze millions d'humains indisciplinés.

À ce moment précis d'un départ qui prenait l'allure d'un adieu, je me découvrais amoureuse de l'Étranger. Amoureuse de ce vieillard, artiste dans l'âme par le souci qu'il déployait à enlever de son menu pinceau les fines poussières sur les pierres du temple. Puis, comme sur un bas-relief millénaire, je revoyais ce personnage légendaire, courbé par l'âge et portant sur sa nuque la pierre égarée dans les ruines de Saqqarah. Tristement, je me réfugiais dans le souvenir des sages du pays, dont les rides au visage sont les mêmes que celles que le temps a gravées sur le mur des grottes. Avec quelle émotion je revoyais le jeune chauffeur Mohammed qui, en gage d'hospitalité, avait conduit ses deux visiteuses jusqu'à sa propre maison et qui, dans un mouvement de grande fierté, avait déposé dans leurs bras son petit garçon né la veille.

Amoureuse de ces étrangers plus grands que nature. Ces étrangers uniques et combien souverains, parce qu'ils sont debout au centre de leur longue histoire. Amoureuse d'un peuple fièrement drapé dans l'âme de son pays.

> Ces étrangers uniques et combien souverains, parce qu'ils sont debout au centre de leur longue histoire. Amoureuse d'un peuple fièrement drapé dans l'âme de son pays.

Me jurant de ne jamais oublier l'eau du désert dont je me sentais indigne, je laissai monter le trop-plein de mes larmes.

Durant ce moment de lassitude, je me rassurais, tenant entre mes doigts une pierre blanche ramassée la veille, près de la pyramide de Khéops, et sur laquelle était inscrite la trace de la plus belle histoire du monde. Suspendue dans l'espace, à une distance infinie du monde et des étoiles, j'ai entendu, comme pour une dernière fois, la voix lointaine du dieu Osiris, proclamant depuis des millénaires la renaissance du monde.

Ma fidèle et merveilleuse compagne de voyage, discrètement avait ouvert son guide Arthaud à la page 256. Et, comme si elle voulait soutenir en elle le chant du Nil, s'est mise à réciter, d'une voix de prière, les inoubliables paroles du poète :

« Les enfants de Louxor ont quatre millénaires.
Ils dansent sur les murs et toujours de profil.

Mais savent sans effort se dégager des pierres
À l'heure où le soleil se couche sur le Nil.

Je pense m'en aller sans que nul ne remarque
Ni le bien ni le mal que l'on dira de moi.

Mais je déposerai tout au fond de ma barque
Le caillou ramassé dans la Vallée des Rois. »

B. Dimey

Un papillon à l'épaule

ON PASSE SA VIE À FUIR LA MORT. À refuser l'inconfort d'une existence trouée par ses deux extrémités. À remplir de petits riens le vide immense qui menace le filet de sens qu'on avait entrevu au détour. On s'agite pour se prouver qu'on est là, quelque part, vivant dans l'espace d'une permanence qui n'existe pas.

On n'a pas compris qu'en refusant la mort on refuse la vie car l'un enlace l'autre de la même manière que la nuit appelle l'aube et l'engendre.

La modernité nous a trompés. Elle a tué la magie du désir et la patience du temps par l'immédiateté et la possession délirante. L'absence de futur a repoussé les frontières de l'illusion jusqu'à l'indécence, alors qu'on a vu les grandes luttes de l'existence perdre leurs titres de noblesse au profit d'un vide de sens. Les formules de bonheur, sans contenu ni fondement, se sont multipliées au rythme même de l'urgence du plaisir artificiel. Plus encore, on a imposé ce que Bruckner appelle l'euphorie perpétuelle ou le devoir d'être heureux.

Le bonheur fou créé par la publicité d'une dernière crème qui, dit-on, a le pouvoir de tuer le temps de la vie sur le visage des femmes ou de la nouvelle bière rousse qui euphorise à perdre la raison, me donne des haut-le-cœur car je ressens avec une acuité intolérable l'humiliation qu'on jette au visage de l'intelligence humaine. Alors, je m'ennuie de la vie dans ce qu'elle contient d'exigence, de patients désirs et de « courage d'être ».

Il m'arrive parfois d'aimer le vieil âge avec ses silences, ses franges d'incertitudes, de doutes qui ne demandent rien d'autre que d'être reçus et transformés au rythme du temps et d'espoir tenace. J'aime cette solitude où se logent la contemplation naïve des levers de jour et ses instants d'un calme inespéré, là où se déploient les plages profondes de bonheur simple mais réel.

Le bonheur ne serait-il pas plutôt le consentement fragile au mystère de l'existence, un surplus d'âme qui, au cœur du silence, se présente comme une brise inattendue, infiniment discrète, une conscience accrue d'habiter l'impalpable et l'appel à la verticalité ?

Et j'honore le bonheur : ce papillon fragile et inattendu qui se pose sans bruit sur votre épaule comme un visiteur du soir qui cause tout bas.

Jour de vent

L'eau:
Je me suis changée en neige
Pour danser avec le vent.

FÉLIX-ANTOINE SAVARD

C'EST FOU ce que je peux m'ennuyer des cordes à linge. L'autre nuit, je dormais à la campagne dans le confort d'un grand lit avec vue sur le lac Etchemin. Et voilà que l'odeur de mes draps m'est montée au nez comme un inoubliable parfum d'enfance. C'était l'odeur du vent. C'est étrange l'odeur du vent. Ça sent bon le propre. Sûrement parce que ça chasse les senteurs qui se dégagent de l'effort au travail de même que les odeurs de petits pieds qui ont marché jusqu'à l'école. Ma mère disait que le vent ça sent le dimanche. Certains diraient que ça sent le lundi. À moi, le vent dit quelque chose comme la douceur d'une caresse. Une discrète tendresse au visage de l'enfance.

Appréciant grandement le cadeau que m'offraient mes amis de dormir dans le souffle du vent, et pour ne rien perdre du plaisir de renifler l'odeur des cordes à linge, j'ai laissé remonter tous les souvenirs qui me venaient à l'esprit.

Je revoyais encore les belles « madames » d'autrefois qui, d'un balcon à l'autre, profitaient du rendez-vous du lundi matin pour retrouver les voisines et savourer avec elles les plus juteuses petites nouvelles du patelin. Tout se passait sous le signe du secret, comme si le vent ne savait pas transporter au loin les « Saviez-vous que... » qui alimentent la vie trop calme des villages.

Pendant que les petites intrigues se multipliaient au-dessus de l'immense panier à linge, les bonnes mamans ou l'aînée des filles étendaient dans un ordre donné le butin de la famille. Tantôt pendu par les pieds, tantôt par la tête, tout le monde y passait. De toute évidence on pouvait deviner à qui appartenaient les « penman's 95 » et les caleçons de petites tailles.

Le vent, bien sûr, se payait un plaisir fou à donner des formes indécentes aux vêtements de ceux qui, dans la vie courante, faisaient preuve de grande distinction. Qu'on pense au vieil instituteur ou au notaire qui, du haut de leur fonction, étaient d'une élégance qui commandait le respect absolu. Que dire des « dessous féminins » qui, par souci de modestie, ne devaient en aucun temps être repérés dans l'étalage de vêtements secoués par le vent ! Avec un peu d'imagination, par l'interminable rangée des couches blanches, on pouvait faire le décompte des enfants qui n'étaient pas encore « propres ».

À vrai dire, les cordes à linge mettaient le voisinage à jour sur les petits secrets des bonnes familles qui s'inscrivaient dans la tradition de la lessive du lundi matin. Mais jamais la senteur du propre et du grand air n'était dépassée par celle qui se dégageait du linge que le froid avait gelé sur la corde et qu'on devait rentrer dans la maison pour la dernière période du séchage. Chez ma grand-mère, c'était à la rampe de l'escalier qui menait à l'étage qu'on appuyait les épouvantails gelés « dur » et qui, sous l'effet de la chaleur intérieure, allaient se dégonfler comme des clowns désabusés ou des pantins qui ont perdu le souffle. C'était à ce moment que ma grand-mère, refusant de prendre froid au contact du linge glacé, allait finir son tricot sur le « registre », cet espèce de grillage situé au centre de la pièce qui laissait passer l'air chaud de la fournaise.

Les cordes à linge mettaient le voisinage à jour sur les petits secrets des bonnes familles qui s'inscrivaient dans la tradition de la lessive du lundi matin.

À l'époque, par temps chagrin, il arrivait qu'on aperçoive le chapelet solidement accroché à la corde à linge. Les voisins savaient alors qu'une fête qui commandait du soleil était à l'horizon. Il fallait faire appel à la bonne Providence pour que la mariée et la belle-mère soient à l'abri d'une averse qui risquerait de noyer le bonheur d'être bien empesées dans le voile blanc et la robe de dentelle. Aussi fallait-il s'assurer qu'à la sortie de l'église le défilé nuptial soit si réussi qu'il fasse pleurer d'émotion tous les curieux du voisinage.

Moi, je déteste la mode qui a remplacé la poésie des cordes à linge par d'immondes sécheuses qui puent le « fleecy » et qui nous privent du plus merveilleux des parfums : celui du soleil et du vent.

Depuis la modernité, il n'y a plus de lundi matin pour les ménagères de chez nous. Tous les jours sont pareils. Plus de rendez-vous aux cordes à linge. Plus d'histoires louches aux perrons arrière des maisons. Plus de fantômes gonflés par la gelée et la force du vent. Rares sont les cordes à linge qui ont défié la mode d'aujourd'hui. En grand nombre, elles ont quitté le paysage québécois et la danse des draps blancs n'y est plus.

C'est fou ce qu'il peut me manquer le temps des cordes à linge...

Suscipiat

Depuis ce temps lointain où elle était toute petite, Lola savait de sa mère, de sa grand-mère, du curé, de la maîtresse d'école, que la Providence se lève tôt. Très tôt, avant même le chant du merle. Et que seuls les fainéants se prélassent dans le fond de leur lit pendant que le Bon Dieu est debout. Lola l'avait appris pour toujours. Si bien que, la nuit venue, elle ne se laissait pas aller à dormir complètement. Au cas où la Providence serait à l'ouvrage sans elle, en train de remettre sur ses rails un monde qui bascule.

C'était à la messe du matin que commençait pour les enfants l'énorme défi d'être à la hauteur. D'abord, bien réveillés, puis proprement vêtus et bien droits sur leurs deux pieds. Par-dessus tout, bien recueillis sur l'effort du servant de chœur à prononcer correctement les *in principio*, les *suscipiat* et les *adveniat regnum tuum*.

Lola raconte que son frère benjamin, le plus petit, assurément le plus beau dans son complet bleu marine confectionné dans du vieux, traversait l'épreuve du latin de façon remarquable. Même qu'il lui arrivait de le faire avec tant d'application et de piété que toute la paroisse s'en trouvait émue. Lola qui, d'inquiétude, avait retenu son souffle durant l'interminable tirade du Credo, pour venger l'absence d'applaudissements, criait au fond d'elle-même des bravos à n'en plus finir. Et l'honneur retombait sur cette merveilleuse femme assise au cinquième banc qui, à elle seule et à bout de bras, savait tenir au monde cinq enfants dont on pouvait dire qu'ils étaient bien propres, bien élevés et, par surcroît, dans la crainte de Dieu et l'amour absolu du devoir.

Cette éducation était pour Lola un héritage. Car il y avait dans cette manière d'apprendre la vie une valeur de responsabilité et de fierté. Une austérité qui apportait autant de peines que d'ambition et de promesses d'avenir. Et c'est ainsi qu'elle apprenait ses devoirs de chrétienne, sa vocation de dévouement aux autres jusqu'à l'épuisement. Dignement vêtue, les mains serrées sur le volant de sa voiture, Lola, depuis, se considérait chaque matin dans l'urgence de sauver le monde. Une femme de principe et d'honneur habitée par l'interdiction d'en avoir ras-le-bol de tenir sur ses épaules le poids des souffrances humaines.

Lola me regardait vieillir. Elle était amusée par l'application que je mettais à l'écriture. Le crayon serré entre mes doigts, l'insatisfaction constante des textes qui couvraient ma table de travail, et surtout le devoir ferme d'assumer le temps difficile de vieillir dans la dignité comme on dit.

Lola, elle, avait pris la clé des champs. Elle n'entrait dans l'église que pour faire le plein de silence, pour contempler la lumière des vitraux et entendre les vieilles orgues. Parfois, pour bien s'assurer que saint Antoine, malgré son vieil âge, trouverait pour elle le chemin du retour à la maison. Fascinée par la flamme scintillante des lampions, elle choisissait toujours d'allumer celui qui, sans tricher, allait brûler durant les sept jours suivants. De manière, bien sûr, à s'assurer les bonnes attentions de la Providence.

Parfois, il m'arrive de la suivre à l'heure de l'Angélus du soir. Dans l'espoir, bien sûr, que vienne jusqu'à moi le souvenir des *Adveniat regnum tuum* et que surgissent par miracle les bravos de mon enfance.

Comme il était beau, dans son « surplis » d'enfant de chœur, le petit frère de huit ans qui soulevait avec un respect exagéré la « chasuble » du curé gravissant les marches de l'autel ! Et avec quel plaisir fou il s'amusait parfois, à faire durer bruyamment le son des clochettes qui devaient accompagner pieusement le moment du sanctus. C'était là le péché de « dissipation » qu'il devait d'ailleurs confesser, sans quoi il risquait de perdre les honneurs d'un service qui, chaque matin, à l'heure des poules, cruellement, dans l'apprentissage du sacrifice, le faisait sortir de son lit.

Vieillir au temps du muguet

Il y a des jours où je dis à la raison:
« Et maintenant, laisse-moi voir tout seul… »

FÉLIX-ANTOINE SAVARD

JE VOUDRAIS SURGIR d'une toile de Basque. Celle de la maturité acquise. Celle d'une sagesse lumineuse. Là où l'équilibre des ombres ajoute à la splendeur du soleil couchant. Je voudrais, sur fond d'âme paisible, contempler mon parcours de vieille dame, me coiffer d'un immense plaisir de vivre, d'une confiance apaisante dans l'avenir qui me saisit déjà.

Je voudrais tricher avec les mots pour ne pas réveiller chez ceux que j'aime la détresse d'une solitude redoutable. Je voudrais me maquiller d'un optimisme que je n'ai jamais eu et qui, pourtant, m'allait bien au visage, soulevant ainsi l'admiration de ceux et celles qui arborent naïvement le drapeau de l'âge doré.

Et si, au risque de me déshonorer dans l'estime des autres, de les inquiéter, de tuer le personnage que j'ai inventé de toutes pièces pour me rassurer, je criais à la face du monde que j'ai parfois la trouille au ventre, que je suis hantée par la peur du vide qui me tenaille, que j'erre dans cet espace de solitude et d'oubli qui engendre en moi le goût de prendre mes jambes à mon cou et de fuir jusqu'à bout de souffle.

Mais qu'adviendrait-il alors de celle qui, chaque mois de mai, revient au rêve fou d'un coup de foudre et d'un tour complet autour de la terre ? Qu'adviendrait-il de celle qui observe avec une telle envie les amoureux qui se font des serments à ciel ouvert dans le parc d'à côté ?

Car c'est fou ce que le temps du muguet peut me faire de l'effet ! Mais qui donc refuserait de vieillir sous la chaleur d'un soleil brûlant qui donne le goût de s'éclater aux quatre coins de la planète, de parcourir les rondeurs de la terre, de flâner jusqu'au petit matin sur le chemin du Petit-Coteau ?

Et si je refaisais la fête à l'alambic dans les rues de Quimper et si j'allais respirer à plein poumons les belles de nuit qui, dans les jardins de Provence, n'ouvrent leurs pétales qu'aux regards des veilleurs qui se passionnent pour leur beauté nocturne ? Si j'allais dormir à la belle étoile aux portes de Cordoue ? Mieux encore, me soûler de chansons chez les Vivier, rue des Anémones.

Faute de pouvoir déserter mon patelin sans que ne s'alarment les voisins, ce soir, aux touristes de mon quartier, je fredonnerai *L'Âme à la tendresse* et me ferai regarder comme une vieille errante qui perd la raison.

En pleine rue où le trafic s'énerve, je ferai le dos rond comme une centenaire et je reviendrai tout doucement sur mes pas alors que la lumière sera au rouge. D'un petit geste de la main, je commanderai un peu de respect pour mes rhumatismes.

À la Bouquinerie, comme une petite fille qui choisit son cadeau d'anniversaire, je collerai mon nez à la vitrine et je partirai les bras chargés de livres, heureuse d'avoir flambé mes économies.

J'achèterai des pivoines pour ma chatte et je donnerai de la corde aux chiens retenus aux portes des maisons.

Au risque d'outrager les convenances, aux boutiques huppées, je marchanderai les robes aux épaules nues. Et du vieux coffre de mon aïeule, je choisirai l'immense chapeau rouge à voilette que je porterai sur mes yeux.

Le soir, cent fois, je marcherai rue des Érables et je reluquerai les amoureux derrière les rideaux.

Je piquerai du muguet chez la vieille aristocrate qui me menacera de sa canne au long col surmonté d'un sphinx en or pur — à ce qu'on dit.

Je saluerai joyeusement le policier cravaté qui me commandera de quitter les lieux.

Et je désobéirai.

Dans mon baladeur, Bécaud chantera à tue-tête *Nathalie.*

Je prendrai la route et me ferai arrêter pour excès de vitesse. Et j'irai dormir au poste avec les femmes de vie.

Je cacherai mes revues honteuses sous mon paillasson.

Bien sûr, j'irai au cinéma voir l'amour à plein écran et je me fondrai dans les ébats amoureux de Juliette Binoche.

Et puis, dimanche à l'église, je sortirai tête haute à la plus flamboyante envolée théologique du jeune vicaire, sachant bien que ça me vaudra d'être inhumée avec les indésirables et les non-pratiquants, de l'autre côté de la clôture. Peut-être bien dans le vieux cimetière devenu un enclos pour la vache du notaire.

Avant de mourir, pour saluer les copains, je les inviterai pour un p'tit blanc au parc des amoureux.

Sans contrition aucune, je ferai semblant de me convertir en suppliant le curé de me passer à l'eau bénite. Et, à ma dernière heure, je partirai là-haut en gardant au fond de moi l'ivresse d'une aventure foudroyante qui, disait-on, n'était plus de mon âge.

Et je danserai sur un dernier coup de foudre.

Sur ma pierre tombale, on pourra lire :
Par temps de muguet
portée disparue.

La vieille dame ronde

Elle avait commandé une tarte au sucre et un bon thé chaud. Attablée non loin de moi au restaurant du Petit Cartier, elle attira mon attention par sa manière d'aborder la serveuse. De toute évidence, elle était une habituée du coin. Cet instant de bonheur, sur le coup de trois heures, semblait être chez elle un rituel qui la faisait déserter sa maison.

Son contact affable, presque familier, lui permettait de donner des nouvelles des siens. J'ai entendu qu'elle avait vingt-quatre petits-enfants dont certains étaient déménagés dans le Bas-du-Fleuve. Son rire facile et contagieux la rendait de bonne compagnie. Le plus discrètement possible, je l'observai longuement. Dans son abondante chevelure blanche qu'elle ramassait en chignon, elle affichait un surplus d'élégance. Ronde et généreuse comme une miche de pain chaud, je l'enviais et me disais qu'il ne devait pas y avoir chez elle de mesquinerie. À n'en pas douter, elle incarnait la bonhomie des grands-mamans qui, autour de leur table de cuisine, font la fête avec les petits-enfants qui ont toujours faim de pâtés et de beignes chauds.

Et voilà, me suis-je dit, en quittant mon lieu d'observation, le modèle de grand-mère qu'il me faut devenir. Et c'est maintenant que je dois m'y mettre. Désormais, je deviendrai ronde et bavarde sur le petit quotidien. Je porterai le chignon blanc et j'inventerai des contes pour les tout-petits. Ainsi, j'aurai une vieillesse qui fera envie tant elle sera exemplaire.

Oubliant totalement que j'ai peu d'aptitudes pour les grandes conversions qui feraient de moi la bonne vieille dame ronde, n'ayant pas les bonnes rondeurs et surtout pas aux bons endroits, oubliant surtout que je suis dépourvue de progéniture, j'en conviens, avec beaucoup d'humilité, que je n'ai pas du tout envie d'apprendre à rouler les trous de beignes pas plus que d'inventer des histoires à tenir debout pour les petits qui savent trop bien faire la différence.

Trop tard... Vraiment trop tard pour la « grand-mère pain de ménage ». Que mes amis se le tiennent pour dit ! Me coiffer d'un chignon ne fera pas de moi la femme douce et conciliante.

Toujours, je vivrai à fleur de peau. À fleur de jour. À fleur d'âge. Dans l'urgence et la témérité, je questionnerai le fond des choses : le sommeil de ma chatte, les crocus sous la neige, le mystère des lunes, le vent dans les frênes. Et plus encore, je scruterai

Toujours, je vivrai à fleur de peau. À fleur de jour. À fleur d'âge.

cette existence qu'on m'a offerte et qui, inéluctablement, m'échappe par ses deux extrémités : ma naissance et ma mort. À mon grand désespoir, je vivrai mon inaptitude à retenir le nom des fleurs que je respire et des oiseaux qui me séduisent. Si ce n'est dame mésange ou le merle du soir.

Lointaine mémoire

La vie est comme l'éclair
de la luciole dans la nuit,
une vapeur de clarté dans la
profonde noirceur de la
grande prairie.

CROWFOOT

LA CHAMBRE ÉTAIT MAGNIFIQUE dans ses couleurs tendres et le soleil y pénétrait abondamment. Tout près, sur le mur de droite, dans le grand cadre ovale à la vitre bombée, s'imposait dignement la présence de mes parents disparus. Je les regardai attentivement, espérant presque les voir bondir à ma rencontre. Leur immobilité jetait un épais brouillard sur ce qui me liait à eux. Je tentai alors de reconstituer la fresque du passé dont bon nombre de fragments se dissimulaient tout au fond de ma mémoire. Je repris une à une les grandes tranches de mon histoire, me rendant compte qu'en m'y approchant elles devenaient presque irréelles, étrangères à celle que j'étais devenue.

Était-ce moi la petite fille timide qui, sur les photos de l'album, se tient à l'écart des amies qui s'amusent dans la cour d'école ? Comment en suis-je venue à ne plus me souvenir de mes frères et sœurs qui, au temps de ma petite enfance, me supportaient dans mes sauts à la corde et mes premières courses en forêt ? Et cette adolescente aux cheveux raides, aux bras trop longs, affichant une gêne évidente d'avoir un corps qui a grandi trop vite et qui n'arrive pas à découvrir une élégance qui serait la sienne ? Qui donc est cette femme — ma mère — qui m'a poussée dans l'existence jusqu'à l'éclosion de ma vie adulte et dont le souvenir m'est devenu presque aussi étranger que celui de mon père décédé avant même que mes yeux ne se soient ouverts sur lui ? Qui est-elle cette grande dame pour que je n'entende plus sa voix cristalline et son rire rassurant ? Mais où donc sont passés les élans de tendresse qui ont déserté la mémoire de mon corps ?

La vie ne serait-elle donc qu'une succession d'intenses moments dont on ne retient que d'infimes miettes ? Rechercher le passé, tenter de l'habiter comme on enfile un vieux tricot, serait-il à ce point futile qu'il faille à jamais y renoncer ?

Demain, j'irai marcher sous les arbres, là-bas, où sommeille mon enfance.

L'urgence d'un rendez-vous

Seule, à une heure matinale, je pris donc la route de l'arrière-pays où reposent mon père et ma mère. Mon âme de vieille dame, toute frileuse dans son costume du dimanche, lentement me faisait entrer dans ce petit monde d'autrefois qui me paraissait un pays déserté. L'enfance : cette expérience à perte de vue qui, à la fois, s'agrippe à ma vieillesse et la fuit. Une partie de moi qui me tenaille jusqu'à la tourmente et se dérobe dans les ombres de ma mémoire.

Et voilà que Lola, qui occupait la banquette arrière, se met à penser tout haut, au rythme même du paysage qui défile sous ses yeux.

De toute évidence, elle était ravie de se retrouver sur le chemin des Bois-Francs. Chaque paysage, chaque maison vieillotte soutenait le fil de ses souvenirs. Elle anticipait le plaisir de revoir son couvent dont la cour de récréation, autrefois, laissait deviner la route sinueuse qui conduisait à son village. Aussi, les petites rues et les trottoirs étroits sur lesquels nous avions marché, en rangs bien serrés, toutes de noir vêtues, sous la plus que vigilante surveillance des distinguées religieuses de la Congrégation. C'était dans cette merveilleuse petite ville d'Arthabaska que se passait notre « éducation ». La meilleure disait-on. C'est là que, pour une première fois, nous avions entendu s'ouvrir les grandes orgues d'une église au clocher si pointu qu'il touchait presque les nuages. C'était là aussi qu'à la messe solennelle du dimanche, à l'insu de Mère Saint-Joseph et de Mère Sainte-Rose, mes deux sœurs aînées courtisaient de leurs regards les plus beaux collégiens qui occupaient l'allée centrale opposée à celle des filles.

Je ne sais toujours pas vraiment ce qui me pousse toujours à revoir ce pensionnat où, jadis, dans la honte et le déshonneur, j'échouais royalement mes classes et d'où j'allais sortir sans l'ombre d'une mention honorable. Je me souviens, j'y étais venue pour le plaisir si longtemps convoité de revêtir comme mes sœurs la jolie robe de costume noir dont le col blanc était empesé comme la bavette des religieuses et dont la jupe à plis assurait l'élégance du mouvement puis retombait majestueusement tout autour du banc de piano. Mais bientôt la coquetterie fit place à un ennui maladif qui allait me conduire au refus d'apprendre.

Les bonnes religieuses, dans leur désir de m'apprivoiser, m'imposaient gentiment l'honneur de marcher près d'elles lorsque venait le moment de la grande promenade du samedi. Doublement éprouvée, je m'ennuyais follement de la présence de mes sœurs dont j'étais très fière et qui tenaient la tête du peloton. Devenues grandes, elles avaient le privilège de porter le chapeau. Et moi, la tuque. Ainsi, dans ma tête de petite fille, entre deux belles et grandes religieuses, à qui il convenait de porter les gants de soie noire, j'avais droit au ridicule. Et je m'isolais.

Lola se souvient qu'en début d'année, c'était la coutume, les religieuses distribuaient des tâches ménagères aux pensionnaires. À moi, on avait confié l'entretien des escaliers vernis qui conduisaient de l'étage du parloir à celui du dortoir. C'est à ce moment précis de la journée, entre 7 h 45 et 8 h 30 du matin que, mouchoir et torchon à la main, je faisais ma crise de larmes. Enfermée dans ma honte, il ne me venait pas à l'idée de déserter et de rentrer à la maison. Il y avait dans cette expérience douloureuse une incontournable volonté du destin.

C'est au pays de Wilfrid Laurier et du peintre Suzor-Côté que se passaient ces choses. Leurs superbes résidences nous le rappelaient lorsque, longeant la rue principale, nous retrouvions ce lieu historique avec ses immenses maisons blanches, ses allées d'arbres et sa croix lumineuse qui domine toujours la montagne.

Lola demanda qu'on s'arrête face au vieux couvent. Toutes fenêtres closes, on aurait dit un pensionnat déserté. Une absence de vie nous faisait croire que les religieuses avaient quitté leur ministère et qu'elles étaient rentrées chez elles, attristées de n'avoir plus d'enfants à qui enseigner la grammaire et la vie. L'injure de la modernité les avait vouées au retrait. Sur une pancarte ballottée par le vent on pouvait lire : Centre d'accueil pour personnes âgées.

Appuyée à la clôture qui fermait l'entrée, Lola recherchait dans sa tête le souvenir de cette enfilade de jolies filles en costume noir qui, jadis, sous les arbres de la cour, partageaient en secret leurs désirs d'évasion, leurs rêves amoureux ou leurs lectures interdites. Certaines d'entre elles ayant découvert, dans la désobéissance et la demi-obscurité du dortoir, le péché de lire Gide, Baudelaire et les autres. J'y revoyais ma sœur aînée et son inséparable complice que les succès scolaires mettaient à l'abri de tout soupçon d'inconduite. Puis, comme par miracle, nous revint une douce odeur de pensionnat. Mystérieusement, des vapeurs de vie religieuse et d'encens nous montaient au nez. Cet étrange parfum des cloîtres qui s'infiltre dans les replis des longues robes et des voiles que portent les femmes retirées du monde. Une odeur de consécration qui fascine les petites filles et qui, jamais, ne déserte leur mémoire. Tout comme l'odeur des parquets polis jusqu'à l'usure par les guenilles aux pieds des pensionnaires.

Dans une vague de nostalgie, nous reprenions la route. À peine avions-nous quitté Arthabaska que nous nous retrouvions à l'entrée de notre village. À notre grande déception, nous avions raté la courbe légendaire de quelque cent soixante degrés que nous appelions « le fer à cheval ». La route, trop bellement corrigée, nous avait privées du plus précieux souvenir d'enfance : les marmots entassés dans la Ford, notre mère au volant, la longue prière à saint Christophe, le souffle coupé par la peur que l'arrière de la voiture ne parte à la dérive, les haut-le-cœur imaginaires, la quasi-certitude que nous faisions deux fois le tour de la terre dans une courbe qui n'en finissait plus de tourner. Et puis, l'exploit terminé, nos explosions de rire qui venaient dire à notre mère qu'elle était non seulement la plus belle mais la championne.

Rapidement, un sentiment de jamais vu s'installa chez Lola. Elle n'avait pas fait cent pas vers le centre du village qu'elle se retrouvait dans un univers tout petit. Une disproportion inouïe entre ses souvenirs et la réalité dérangeait son regard. Les maisons s'étaient rapprochées de la route, certaines d'entre elles semblaient piteuses d'avoir été amputées de leurs magnifiques lucarnes. Et les jouets des enfants paraissaient abandonnés dans les arrière-cours et sous les remises. Les gamins avaient déserté les rues.

J'accélérai le pas vers ma maison natale. À distance, je vis que le balcon qui donnait à l'étage des chambres avait disparu. C'était là que nous, les plus petits, avions souvent obtenu, après de longues négociations, la permission de nous construire un campement pour la nuit et d'y dormir à la belle étoile. Une aventure qui se terminait fréquemment dans le rire fou et l'inimaginable bousculade lorsque, au meilleur du sommeil, nous devions en urgence mettre à l'abri d'une averse imprévue couvertures et matelas de fortune et regagner, à grands regrets, le confort de nos lits.

Ce qui m'apparaissait autrefois l'immense parterre que ma mère enjolivait de pivoines et d'hydrangers avait une mine bien modeste et remettait en cause mes souvenirs de vieille femme. J'ai alors compté les peupliers qui faisaient de l'ombre dans la salle à manger. Et la large galerie québécoise qui, de ses poteaux tournés, fait un magnifique collier à la maison, supportant une rampe étroite qui me venait à peine aux genoux. Comment un espace aussi restreint avait-il pu contenir nos courses en patins à roulettes et nos balades en quatre roues ? D'où vient cette trahison dans la mesure des choses ?

Songeuses, nous refaisions le trajet conduisant de la maison à l'église qui, autrefois, nous semblait être une cathédrale. L'énorme distance qui, dans nos souvenirs, nous séparait de l'autel n'avait donc jamais existé, et de la chaire du prédicateur non plus. Et pourtant, c'était bien dans cette maison du Bon Dieu que j'avais si souvent entendu la messe du matin, les chants du mois de Marie et les vêpres du dimanche. Seule l'odeur des cierges allumés nous rassurait. Car tout était si différent que nous n'avions pas beaucoup le cœur à la prière. Alors, je quittai piteusement ce lieu où, dans ma foi de petite fille, j'avais été initiée au merveilleux espace du sacré.

Attirées par la falaise redoutable où Lola se cachait avec son jeune frère pour pêcher le goujon, nous prenions le sentier qui conduit à la rivière. C'était calme et beau. Ça sentait le poisson et la fougère humide. Tout près, le pont de bois couvert, qui donnait accès à l'autre rive, témoin fidèle d'un passé rempli de poésie, avait été démoli. La route, déviée par les exigences de la vie moderne, avait fait disparaître le plus bel héritage du passé. Tout était si bien nivelé qu'on avait du mal à se remémorer la pente abrupte dans laquelle nos traîneaux prenaient une accélération qui permettait d'entrer à toute vitesse dans le pont couvert. Là où, infailliblement, le crottin de cheval venait brusquement freiner l'enthousiasme et la performance de nos exploits.

À l'extrémité du village, le cimetière était propre mais sans ombre. La terre avait soif. Seuls les petits fruits sauvages y trouvaient leur compte. Lola se souvient. Ce n'est pas sans émotion qu'elle revoit ce moment où elle allait jadis les cueillir tout près du monument où repose mon père. Dans le creux de sa main, elle les comptait, puis les savourait. Il faut sans doute avoir l'âge des grandes naïvetés pour manger les fraises qui poussent sur les tombes. Les grandes personnes refusant trop souvent de croire à la vie qui retige de la terre où dorment les morts.

Les grandes personnes refusant trop souvent de croire à la vie qui retige de la terre où dorment les morts.

Comme au temps où ma mère récitait à haute voix les prières pour le repos de l'âme de mon père, je déposai près de la pierre tombale quelques pensées sauvages encore couvertes de rosée. En silence, Lola regagna lentement la voiture, prenant conscience que notre village, de son point d'entrée à sa sortie, faisait moins d'un kilomètre et demi. Et pourtant, dans le petit monde d'une enfance lointaine, ces maisons à pignons, cette petite cour d'école, cette église de première communion, cette rivière qui dévalait sous le joli pont couvert, ce cimetière sans ombre, c'était l'univers. C'était elle la planète dont je n'arrivais jamais à faire le tour. La seule qui tournait sur elle-même et qui dormait à l'ombre du plus beau quartier de lune.

Sur le chemin du retour, figée dans la grisaille, j'entendais la voix de Gabrielle Roy: « De quoi t'ennuies-tu Évelyne ? » Une interrogation à laquelle toute une vie, la mienne, n'avait pas su répondre. Et dans l'urgence de ce pèlerinage de dernière heure, la lumière n'était toujours pas venue.

J'entrai à la maison dans une profonde solitude qui me disait que lorsque la naissance et la mort croisent leur regard, aveuglées par un rideau de pluie, l'une et l'autre baissent les paupières. L'enfance, sur la pointe de ses petits souliers, retourne aux secrets replis de la mémoire. Et la vieillesse, confuse, reprend tous ses droits.

Je viens de refaire, une fois encore, le trajet de mes années d'enfance. Cette fois-ci, j'ai vu ma maison en robe de mariée. Mes amis qui y vivent l'ont repeinte de couleur si vive qu'elle s'est remise au monde. Voilà qu'elle est rouge comme framboise. Avec ses dentelles très blanches qui ornent fenêtres et corniches. Mieux encore : le balcon à l'étage, où nous dormions à la belle étoile, a fièrement repris sa place d'honneur.

Cette maison qui fut si longtemps la nôtre — ainsi rajeunie — de même que la présence de jouets d'enfants dans la cour ont redonné à mes souvenirs un parfum de fierté et de reconnaissance à la vie. Aux enfants qui l'habitent et à tous ceux qui viendront après, je veux dire qu'ils me ressemblent et qu'ils sont merveilleux de prolonger si joliment le temps superbe de l'enfance.

De Spinoza à Snoopy

J'AI BEAU METTRE DE L'ORDRE dans ma maison, je n'arrive jamais à ranger les livres qui s'accumulent sur les bras de fauteuils, les tables à café et le pupitre de travail. Des livres qui, pour certains, sont là, complices de mes silencieuses réflexions. Pour d'autres, c'est l'odeur de l'encre fraîche ou la texture du papier feutré qui invite à la confidence. Mais, avant tout, c'est la force évocatrice de la page couverture que je n'arrive pas à soustraire de ma vue. Ici, je pense à ces mots troublants de Ben Jelloun qui annoncent les terribles conditions de vie au bagne de Tazmamart : « Cette aveuglante absence de lumière. » La force de ces mots me reconduit à l'épaisseur du temps humain. À la caverne de Platon où la vie se perd dans une absence de clarté sans toutefois interdire l'espérance qui soutient la longue marche vers son terme.

> Longtemps j'ai cherché la pierre noire qui purifie
> l'âme de la mort. Quand je dis longtemps, je pense
> à un puits sans fond, à un tunnel creusé avec mes

> doigts, avec mes dents, dans l'espoir têtu d'apercevoir, ne serait-ce qu'une minute, une longue et éternelle minute, un rayon de lumière, une étincelle qui s'imprimerait au fond de mon œil…
>
> TAHAR BEN JELLOUN

Parmi les titres d'une telle exigence, on retrouve aussi : *Poussières d'étoiles*, *Lumière des oiseaux*, *La flamme d'une chandelle*, *Artisan de la Beauté du monde*, *Quoi l'éternité*, *La Part de l'ombre*, *La Petite Poule d'eau* et, bien sûr, *Snoopy sur sa cabane*. Des mots qui sont là, à la manière d'une respiration, d'une écharpe de velours, d'une quiétude sur mes interrogations sans réponse.

Lorsqu'on m'interroge sur les nombreux bouquins fétiches qui s'attardent dans mon espace, je réponds que, les ayant à la vue, je me trouve moins seule, habitée par l'univers des mots. Comme si, à travers eux, je pouvais entendre, tout au fond, le chant du vent et de la pluie, les battements d'ailes, la respiration des fleurs et la mémoire du monde.

C'est dans l'univers de Chagall que Lola, pour sa part, puise ses rêves les plus audacieux. Un univers de lumière soustrait aux lois de la pesanteur, où fusionnent les fragments d'une création éclatée. Une explosion d'existences qui virevoltent dans l'espace et font la fête d'un éternel mariage entre loups et brebis. Quoi de plus merveilleux qu'une très longue

Une explosion d'existences qui virevoltent dans l'espace et font la fête d'un éternel mariage entre loups et brebis.

éternité avec de petits ânes bleus sans fardeau qui causent joyeusement avec les coqs ? Et des poissons qui respirent des clairs de lune. Et des chevaux qui, allègrement, transportent sur leur dos les amants réunis. Enfin, un paradis sans vertige où les clowns, la tête en bas, font la fête de l'enfance avec les vieillards. Somme toute, un au-delà qui, à perdre la raison, danse au-dessus de la planète bleue.

Ce soir-là, Lola et moi avions longuement renoué avec le souvenir de la bonne religieuse qui, au temps du pensionnat, rappelait aux petites filles qu'elles ne devaient jamais aller au lit sans se rappeler qu'elles ne se réveilleront peut être pas le lendemain. Et qu'en conséquence, il fallait être en état de grâce et très portée sur la propreté au cas où la mort viendrait comme une voleuse. Fallait-il aussi ranger ses vêtements de façon absolument exemplaire, car une inspection de routine allait se faire avant même d'éteindre la lumière de l'immense dortoir Notre-Dame-du-Rosaire.

Je comprenais la bonne intention de la religieuse mais n'en rigolais pas moins pour autant. Tout comme si le bon Dieu, dans son éternité, pouvait être dérangé par des petites culottes en désordre et par des prières qui partent à la dérive dans d'espiègles fous rires.

Faut-il avouer que je prenais conscience une fois encore de ma totale ignorance face à ce qui doit venir. Que mon propre horizon se rapproche et que de moins en moins je sais. Aussi, pour me rassurer, je n'ai d'autre choix que de questionner de grands philosophes dans l'espoir d'entendre la parole magique qui, enfin, me dira le mystère de Dieu. Cent fois, j'ai relu ce passage de Spinoza où il dit : « Dieu cause de soi. Par cause de soi (*causa sui*), j'entends ce dont l'essence enveloppe l'existence, c'est-à-dire ce dont la nature ne peut pas être con-çue autrement qu'existante. » Ce savant discours me faisait grand plaisir, car il m'invitait à me perdre dans l'ampleur d'un merveilleux mystère. Mais, hélas, sans totalement me rassurer sur le jour où tout s'arrêtera.

Lola, elle, s'était couchée à plat ventre sur le canapé du salon et s'amusait ferme dans les éternelles chutes de bonheur de Charlie Brown, dans les crises de rage de Lucie et les fêtes aux biscuits de Snoopy. De toute évidence, elle enviait Linus d'avoir un pouce qui console de tous les grands malheurs. Même qu'elle rêvait pour elle-même d'une vieille couverture sale qui traîne les chemins et qui rassure aux jours de grands malheurs.

Dans l'atmosphère de cette soirée calme et chaude, Lola lisait à haute voix, comme elle en avait l'habitude chaque soir alors qu'elle mémorisait son catéchisme. Avec une intonation presque théâtrale, elle insistait sur le passage où Lucy donne une solennelle leçon de vie à son ami Sally. Une histoire de fin du monde qu'elle considérait sûrement de très haute importance. « La fin du monde, disait-elle, ne doit pas nous inquiéter car c'est certain qu'elle ne peut arriver aujourd'hui. Cette certitude me vient du fait que quelque part dans le monde aujourd'hui c'est déjà demain. Et tu vois bien Sally qu'il n'est rien arrivé du tout. »

Éblouie par une telle logique, je me retrouvai d'un bond auprès de la petite Lola qui, me semblait-il, était à la source du haut savoir philosophique. Elle et moi avions alors le même âge et c'est avec un plaisir contagieux que, durant de très longues heures, nous profitions de l'immense sagesse de Snoopy. Celui-ci, couché sur le toit plat de sa cabane, tenant en équilibre instable sur son ventre rond l'écran de son téléviseur, réfléchissait aux grandes questions que pose la condition humaine. Il avait alors toute la prestance d'un éminent psychiatre de la modernité et parlait avec beaucoup d'autorité. Si bien qu'il n'y avait pas d'espace pour la contestation.

Il se faisait tard quand le beau livre coloré s'est refermé et qu'à notre grand étonnement il affichait sur sa page couverture un titre que Lola considérait sacrilège : « Chienne de vie » disait l'auteur. Après un sourire de complaisance, la petite avouait se dissocier totalement d'une telle insulte à la vie. « Après tout… », disait-elle songeuse et triste. La tête subitement recouverte par l'énorme coussin, il a semblé que, ne voulant pas mettre Snoopy dans son tort, elle pressait le sommeil de l'amener ailleurs.

Le lendemain, au petit jour, je retrouvais Snoopy toujours couché sur le toit plat de sa cabane. Dans l'espoir de revenir à ma réflexion sur l'apocalypse, je repris les passages où Lucy se faisait psychiatre. Le texte sur la fin du monde demeurant introuvable, je devais me rendre à l'évidence que Lola, la veille, avait merveilleusement réussi son envolée théâtrale et qu'elle s'était référée de mémoire à un passage dont elle n'avait plus la référence.

Ce matin-là, Charlie Brown, confortablement appuyé sur un tronc d'arbre, faisait avec un plaisir indécent la trop grasse matinée…

Les petits souliers rouges

ELLE NE FAIT PLUS LE COMPTE. Elle se dit dans l'espace du temps perdu. Du temps qui se gaspille. Du temps qui s'attarde et qui, parfois, s'éternise comme une messe trop longue. Elle souhaiterait bien quitter ce moment du très vieil âge et soulever cette exigence qu'elle s'est donnée : celle d'être exemplaire dans la patience et dans l'énergie déployée chaque matin pour se remettre au monde. Et tenir le fil ténu de l'espoir. Et sourire lorsqu'on lui dit qu'elle est émouvante. Et belle. Aussi que sa vie bien remplie est une bible d'histoire qui n'a d'auteure qu'elle-même.

Par moments, la fatigue se faisant trop pénétrante, tout bas, elle choisirait volontiers de mourir. Mais elle ne sait comment le faire. Alors, elle est là. Toujours là. Se réfugiant chaque soir, pour se reposer, dans ses plus lointains souvenirs. Comme une fidèle vague de fond, fragiles et nombreux, ils émergeaient de sa mémoire pourtant si lourde d'avoir traversé le siècle.

Cette nuit-là, une histoire de souliers rouges s'était glissée dans les replis du sommeil. Elle devait avoir cinq ans. Dans sa robe à frisons de dentelles, elle courait derrière les papillons. Jamais ne brisait leurs ailes pas plus qu'elle ne les mettait en captivité. C'était un jeu. Le plus beau. Le plus difficile aussi, car les papillons ne volent pas à hauteur de petite fille. Peut-être moins encore à hauteur d'adulte. Elle ne savait pas. Elle apprenait.

Sachant sa mère quelque part à la fenêtre, elle choisissait de jouer seule avec une petite chaudière de sable et une réserve de pierres blanches qui servaient à dessiner des sentiers dans l'immense verger où elle risquait de se perdre. Le soir, elle donnait le lait chaud des vaches à son chat et dormait la tête sur le ventre de son chien.

Il semble bien qu'elle ne savait pas mentir, mais, lorsqu'elle devait passer aux aveux difficiles, elle plaçait sa main sur sa bouche et jouait à cache-cache avec les mots. Ainsi, elle se croyait une bien grande personne. Penchée sur le vieux puits presque vide, elle jouait avec les immenses nuages blancs qui dansaient au-dessus de sa tête. Puis, dans l'oubli des heures, apprivoisait longuement le monde à l'envers.

Étrangement, ses petits souliers rouges ne s'usaient pas de trop courir. Ils prenaient la forme de ses orteils et faisaient penser à des cages d'hirondelles. Lorsque, le soir venu, on les voyait appuyés à la cheminée, on aurait dit la mémoire du monde qui courait à perte de vue.

Le temps des papillons, comme un long fil d'or, s'est étiré jusqu'au soir de sa vieillesse accomplie. On ne quitte pas la durée d'une existence. On s'y réfugie. On s'y recroqueville comme la mer au fond d'un coquillage. Sachant bien que la fin du voyage est contenue dans son départ, que tout amour présage sa perte, et toute naissance, une mort annoncée.

Depuis que le temps presse, de peur de s'égarer ou de perdre pied, Marie, car c'était son nom, n'a pas cessé de chausser ses petits souliers rouges et d'amasser les pierres blanches du chemin. De les poser une à une le long de ses jours. De tracer soigneusement son parcours comme on fait une dernière page d'écriture. Dans son espace de vie pas plus grand qu'un nid d'oiseaux, les plus petits souvenirs posés à la vue ne doivent pas être déplacés. Et les gestes quotidiens se transforment en d'infimes ombres sur les murs blancs de la chambre. Lentement, les heures passent.

Les gestes quotidiens se transforment en d'infimes ombres sur les murs blancs de la chambre. Lentement, les heures passent.

Des cailloux blancs. Pour accueillir la lumière des étoiles. Pour que la trace de ses pas ne s'efface sous le gel de février. Pour qu'enfin le terre se souvienne !

Je caressai son front dans l'espoir de la voir ouvrir les paupières et me sourire tendrement.

J'étais venue trop tard.

Et, dans un insoutenable chagrin, j'entends la voix émouvante de Clémence :

Vous étiez si belle
Marchant lentement
À quatre-vingts ans
Le long de vos champs
Vos robes pastel
Et vos cheveux blancs
Vous étiez si belle

Et dans la chapelle
Pleurent doucement
Ceux qui se rappellent
Vous étiez si belle

CLÉMENCE DESROCHERS
Musique : Marc Larochelle

Rouge prune

Elle porte ses cheveux au vent. De toutes petites mèches pâles retombent sur son visage comme pour mieux cacher le secret de ses yeux. Elle est grande et semble élancée sous la longue mante rouge prune qu'elle porte toujours entrouverte par temps humide comme par temps froid. Elle n'a pas d'âge. Sa démarche est rapide comme si elle vivait en urgence.

On ne peut pas la manquer, car il y a chez elle une façon de saluer qui lui donne un charme irrésistible. On ne sait rien d'elle si ce n'est qu'elle travaille dans une parfumerie et qu'elle n'est pas portée sur le ménage. C'est la concierge qui, dans la plus grande confidentialité, le répète à qui veut l'entendre.

Un homme l'observe, même qu'il l'épie. Chaque jour, il la croise en coup de vent dans le hall d'entrée de l'immeuble. D'un regard indiscret, il scrute chacun de ses gestes dans l'espoir tenace qu'elle lui fasse voir la couleur de ses yeux. Un jour, il s'était juré qu'il allait marcher derrière elle dans l'escalier jusqu'à respirer de près son parfum et, enfin, ouvrir la porte qui donne sur les secrets de son apparente solitude.

Ce désir fou habitait l'inconnu au point de l'imaginer dans sa robe de nuit, complètement décoiffée et brûlante de désir. Au fond de lui, une passion saisissante et si tourmentée qu'il ne sait plus de quelle manière il l'aborderait si, demain, elle le recevait dans l'intimité d'un regard qui ne triche pas.

Et voilà que c'est en fin de soirée, alors qu'elle revenait d'une course à la ville, qu'il aperçoit sa longue silhouette se précipiter vers la cage d'escalier. Ses cheveux avaient pris la pluie. Des gouttes d'eau couvraient son visage comme une rosée du matin. Après une salutation maladroite, il lui propose de profiter du petit ascenseur. Apparemment émue de cette bonne attention, elle accepte volontiers, prétextant que ses colis trop lourds la rendront à bout de souffle avant même de se rendre à l'étage. Spontanément, elle signale le 8e. Seuls dans cet espace restreint, se dérober la placerait en situation d'aveu. Et voilà que les regards se croisent. Puis, comme si elle attendait depuis longtemps cet incontournable rendez-vous, elle ouvre grand son vêtement de couleur prune et lui offre une étreinte à ce point passionnée qu'elle trahit un désir à perdre la raison. La fougue, enfin dévoilée, est subitement troublée par l'arrêt brutal du vieil ascenseur qui les avait rendus à destination.

Dans le couloir qui conduit à la chambre se répand l'odeur discrète d'un parfum qui trahit le lieu secret où le destin de deux inconnus va bientôt se jouer.

J'entendis qu'on l'appelait Lola.

Les anneaux du festin

DANS LA VIEILLE ARMOIRE en bois de rose, au centre des plus élégantes tasses de porcelaine, deux anneaux d'argent, côte à côte, immobiles comme le passé, se prélassent au soleil du matin dans tout l'éclat du premier jour. Il y a déjà si longtemps qu'on les a confiés à mes soins que leur présence, jour après jour, avait sombré dans l'habitude du regard. Comme toutes choses précieuses placées sous nos yeux et dont on oublie le langage.

Voilà que ce matin, tout comme s'ils venaient de surgir dans ce lieu privilégié, ils se sont imposés, plus lourds que jamais du poids de leur histoire. Deux anneaux d'argent. Deux présences qui se touchent. Deux mémoires vivantes au-delà de l'oubli.

Les anneaux disent toujours quelque chose de troublant, d'infini. Ils contiennent le temps des serments et des secrètes alliances. Parfois, ils s'enroulent sur l'absence. Ceux-ci leur avaient été offerts à l'occasion du festin des épousailles. Depuis, ils avaient présidé à tous les repas de leur vie commune. Ils tenaient dans leur centre une serviette brodée, bien empesée et blanche comme une nappe d'autel.

Puis un jour, un convive a quitté la table pour ne plus revenir. Les anneaux vivent mal les deuils. On me les confia en grand soin. Dans le respect de leur mémoire, je les déposai comme on dépose un vase sacré dans l'armoire où dorment les objets précieux. Prenant grand souci de bien assujettir à mon regard les noms si bellement gravés sur les disques d'argent.

Les vieux mariés, dans leur vieil âge, étaient amoureux comme deux tourtereaux. Parfois, ils se taquinaient au point de gêner les scrupules de l'entourage. Si vous arriviez dans la salle de séjour à l'improviste, vous pouviez retrouver la vieille dame bien installée sur les genoux de son mari, se laissant inonder de compliments pour la beauté de ses yeux ou pour l'odeur du gâteau aux épices qui met en appétit le tendre amoureux. Un soir, alors que j'avais accepté leur chaleureuse invitation à prolonger ma visite, je les ai vus monter l'escalier qui conduisait à l'étage, dans un fou rire qui les faisait ressembler à deux enfants.

Ce vieux couple d'amoureux n'attendait ni les anniversaires de mariage ni la fête de la Saint-Valentin pour vivre à ciel ouvert l'amour qui faisait d'eux d'inséparables complices. Autant par leur silence que par leurs gestes et leur rire, ils soudaient leur union première. Leurs élans de tendresse les immunisaient contre l'usure et l'ennui.

Certains disaient qu'ils étaient trop vieux pour se comporter ainsi et que les prêtres ne devaient pas absoudre des

Deux anneaux d'argent revendiquent la mémoire d'une merveilleuse aventure qui ouvre toutes grandes les fenêtres aux maisons de ceux qu'on enferme trop souvent dans un âge de sagesse, cet âge qui parle infiniment moins de la vie que de l'absence.

comportements qui ne conviennent qu'aux amours de jeunesse. Le péché grave n'étant d'ailleurs pas loin d'une désinvolture qui coiffe mal la sagesse dont on affuble le vieil âge.

Comme si l'amour-plaisir, un jour, devait se couvrir de honte. Comme si le déshonneur pesait sur les élans d'apprivoisement et de tendresse qui défient la durée des jours.

Au centre de l'armoire en bois de rose, ce matin, dans un printanier rayon de soleil, deux anneaux d'argent revendiquent la mémoire d'une merveilleuse aventure qui ouvre toutes grandes les fenêtres aux maisons de ceux qu'on enferme trop souvent dans un âge de sagesse, cet âge qui parle infiniment moins de la vie que de l'absence.

Le berceuse de bois

Une berceuse:
des bras qui s'ouvrent,
s'offrent et se tendent
puis un jour
se referment sur
l'absence

QUI AURAIT PENSÉ que même les chats aiment se faire bercer ? Aussi étrange que cela puisse paraître, Gaïa, ma chatte, sitôt pris son petit déjeuner, me supplie avec autorité de la bercer. Alors, je la prends dans mes bras, on se dit « Bon matin » et, dans la vieille berçante, je la balance au rythme de mes états d'âme. Entre nous, c'est comme un rituel, sans quoi le passage de la nuit au jour se ferait mal. Notre manière, peut-être, à cette heure du soleil levant, de nous remettre au monde.

Cette expérience, chaque fois, m'apporte les mêmes questions : laquelle de nous deux a cet urgent besoin d'être bercée ? Et laquelle de nous deux berce l'autre ?

La réponse n'est jamais venue mais une chose est certaine c'est que, quelque part, au-dedans, ça berce…

Les chaises berceuses exercent sur moi une fascination étonnante. Plus elles ont d'âge, plus elles me racontent la vie. Je les aime fabriquées de ce bois couleur sucre à la crème, avec leur fond de paille soigneusement tressé et leur craquement qui donne de l'âme au rythme de leur balancement.

Tous les âges de la vie ont besoin d'être bercés. Avant même d'ouvrir les yeux à la lumière, l'enfant à naître se balance dans le ventre de sa mère dont le bassin, par sa forme et son mouvement de bascule, se manifeste comme étant la toute première berçante. Ce moment de pur délice, à jamais, s'inscrit alors dans l'espace du désir.

La chaise, qu'on dit berçante, possède un langage qu'on ne peut pas ne pas entendre. Elle parle avec éloquence du nourrisson qui manifeste son impatience à se gaver du lait maternel. Puis elle rappelle cet autre enfant dont les pleurs inconsolables sont l'expression de la première détresse humaine. Avec force, au cœur même des nuits sans sommeil, elle témoigne de la tendresse soutenue des femmes qui, de toutes leurs énergies, espèrent et veillent. Mieux encore, les berceuses fredonnent en douceur les romances de la petite fille qui, amoureusement, désespère de calmer les coliques de sa poupée.

Et pour toujours, la berceuse retient dans ses souvenirs le ronflement du vieillard qui, dans une attitude de renoncement, s'est endormi et s'en remet à la mémoire de l'histoire.

Au temps passé, chaque cuisine québécoise avait sa berceuse. Aussi, le visiteur qui affichait l'âge du respect, alors même qu'il s'apprêtait à se tirer une chaise, se voyait offrir les honneurs de la berçante. Celle-ci, construite à hauteur d'homme — autrefois, basse sur pattes —, rendait honneur à l'artisan qui avait manifesté son souci de l'équilibre afin qu'on ne bascule ni par en arrière ni par en avant.

Rien n'était laissé au hasard. La douceur du bois et le grain de l'arbre qui lui a servi de matière première. Parfois, dans un souci maladroit de la mettre en valeur, on lui infligeait une vilaine couche de peinture qui n'allait pas à l'histoire de sa vie. Toutefois, il était interdit de compromettre tant soit peu son confort légendaire.

Se bercer ou mieux encore se faire bercer, c'est s'en remettre à sa propre fragilité. C'est parfois consoler son enfance et renouer avec les exigences de l'incertitude. C'est entrer dans la douceur d'un abandon qu'on voudrait ne jamais quitter.

Se bercer ou mieux encore se faire bercer, c'est s'en remettre à sa propre fragilité. C'est parfois consoler son enfance et renouer avec les exigences de l'incertitude. C'est entrer dans la douceur d'un abandon qu'on voudrait ne jamais quitter.

Il paraît inconvenant qu'une vieille personne se fasse bercer. La culture voulant qu'un tel comportement fasse outrage aux exigences de l'âge et de la maturité. Comme s'il n'était pas de mise de retrouver l'enfance qui se cache dans les secrets replis du vieil âge. Alors, on aurait du mal à entendre une grande personne avouer qu'à certains moments de sa vie elle souhaiterait se faire bercer. Faut-il avouer que la chose arrive et qu'il ne faut point en éprouver de honte. Personnellement, j'ai la conviction de n'avoir jamais quitté ma condition de petite fille qui, bien souvent, s'ennuie sans même en saisir la raison profonde. Aussi, je pense que, de la même manière qu'on berce la naissance, on devrait bercer les vieux jours. Ici, j'hésite à écrire l'expression « les vieux jours » car jamais les jours ne sont vieux puisqu'ils se lèvent tous les matins avec la naissance de la lumière.

Il ne faut pas laisser la traditionnelle berceuse se perdre dans l'immobilité et le silence des greniers. Car une berceuse vide, qu'elle soit à l'étage chez l'antiquaire ou dans la vieille remise aux objets abandonnés, affiche une troublante réalité : celle de l'impossible retour de l'autre.

L'Être au monde

Cet étrange secret dans lequel Dieu s'est retiré.

PASCAL

JE NE SAVAIS PAS qu'en franchissant la porte qui ouvrait sur la salle d'exposition où se tenait le 19e symposium de Baie-Saint-Paul j'allais être sur-le-champ reconduite dans l'espace d'une aveuglante réflexion sur Dieu et sur le sens de ma propre présence au monde.

Avec un remarquable sourire, la jeune fille attitrée à l'accueil des visiteurs m'offrit un dépliant qui devait m'initier à la découverte des lieux réservés aux œuvres d'art de même qu'aux artistes qui, dans une atmosphère de création, se tenaient au travail.

Sur la page frontispice de cette superbe brochure, bien centré sur fond bleu soutenu, en lettres couleur or, on pouvait lire : « l'être au monde. »

Rejointe dans un questionnement qui me fascine autant qu'il me trouble, je m'arrêtai sur place, consciente d'être conviée à un grand moment de réflexion. Je fis alors faux bond à la nièce qui m'accompagnait et qui se précipitait dans la salle d'exposition, pour aller me réfugier dans un coin isolé du magnifique environnement extérieur à l'édifice. Tout s'y prêtait. Une brise rafraîchissante et des espaces d'ombre se posaient sur mon désir de plonger dans le mystère de ma propre vie. Les yeux grand ouverts sur la beauté d'un lever de jour, j'accueillis le silence où devait se loger l'immense interrogation qui s'imposait à ma solitude. Que signifie donc « l'être au monde » ?

Être au monde, c'est naître et mourir à chaque seconde, c'est être en perpétuel inachèvement, dans un espace-temps obscur et infiniment restreint.

À peine quatre petits mots venaient m'aveugler, me jeter au visage une lumière si grande qu'elle obstruait mon regard. La main sur les yeux, j'étais à la recherche d'un peu d'ombre qui allait me rendre tolérable la profondeur du mystère. Mais que signifie être au monde si ce n'est être dans une existence qui nous est offerte ? Être au monde, c'est naître et mourir à chaque seconde, c'est être en perpétuel inachèvement, dans un espace-temps obscur et infiniment restreint. C'est porter le poids de l'incertitude et se retrouver au même instant dans le commencement et la fin de ce qui a lieu. Selon l'expression de Claude Roy, c'est, bien sûr, être « en permis de séjour ».

Embarrassée par la particule qui précède l'expression « l'être au monde », je me retournai vers l'existence d'un principe créateur qui, lui, ne peut être autre que l'Être absolu, l'Être total. Il va de soi que tout ce qui tient à la temporalité ne peut définir Celui qui, par nécessité, est l'essence même de l'Être. Et pourtant, j'ai la certitude que « l'être au monde » dit quelque chose de l'Être premier en même temps qu'il parle de moi, ici, dans le temps qui me contient.

J'allais bientôt me perdre dans des considérations philosophiques qui risquaient de brouiller mes pistes, quand je revins vers cette expérience de ma vie toute simple et qui contient une quasi certitude d'être à la fois d'ici et d'ailleurs. Lequel d'entre nous, inscrit dans une existence de temporalité, en contemplant une nuit étoilée, n'a pas déjà été saisi par ce surplus d'être qui ouvre sur un palpable sentiment d'exil ? À la fois ici et ailleurs.

Car tout être humain, attentif à sa source, à des moments de grâce, se rend disponible à l'expérience d'une transcendance qui fait reculer la nuit et fait surgir un immense espoir de lumière. Jean Proulx, philosophe et écrivain, parle d'une brise d'Être aux fenêtres de l'âme, de visitations gratuites, d'une présence qui se cache et s'illumine. « Une expérience, dit-il, à l'image d'un coquillage qu'on pose sur son oreille et qui fait entendre au loin le mouvement de la mer. » Et c'est Bachelard qui, quelque part, dit que la source ne peut qu'exister puisqu'il y a la soif. « L'être au monde » serait-il l'aveu d'une foi en l'Être source qui, par immanence, fait surgir dans l'univers toute parcelle d'existence ?

Cela étant dit, l'obscurité n'est pas levée pour autant. Et c'est avec une extrême prudence que je risque des mots sur cette réflexion, sachant qu'il est téméraire, voire périlleux, de penser Dieu à haute voix. Consciente aussi que toute parole s'inscrit dans l'incertitude et le doute, lesquels fondent l'existence même du mystère. Auteur d'*Un jardin entouré de murailles*, Robert Lalonde dit joliment qu'on ne peut voir Dieu. « Parfois seulement on aperçoit son or aux franges des choses. »

Dans les limites où s'enferme l'existence humaine, quelqu'un viendra-t-il un jour me dire d'où est venu ce premier souffle qui me propulsait hors du lieu de ma secrète naissance ?

D'où vient cette mémoire qui retient l'enfance au cœur même d'une vieillesse qui se prolonge ? Et qui viendra répondre à l'incontournable question demeurée jusqu'à ce jour sans réponse : pourquoi y a-t-il quelque chose plutôt que rien ? Plus encore : qu'adviendra-t-il de ma course à travers le temps, le soir où mon corps épuisé me trahira ?

J'allais quitter ce coin de nature paisible qui m'avait si gentiment conviée à cette incontournable réflexion, au moment même où les salles d'exposition fermaient leurs portes. Ma nièce, dans un sentiment d'enchantement, venait alors m'avertir qu'il était l'heure de rentrer.

Le retour à la maison se fit dans une économie de paroles, habitées que nous étions par l'espace de la démesure et du sacré. Je venais de comprendre que toute forme d'art est la mise au monde d'une parcelle d'Être. D'une bruine d'Être qui me parle de fontaine et d'aube souveraine.

Dieu : Source lointaine et Rosée du matin !

Pays de givre et de rafale

C'est avec tout le peuple accordé que j'aimerais assister à ce doux banquet de clair de lune sur les neiges de mon pays.

Félix-Antoine Savard

Cette nuit, alors que la terre n'arrivait plus à se tenir au chaud, la neige, par souci de la petite planète bleue, s'est mise à neiger. Sans bruit, tendrement, par respect pour l'âme des vivants, elle s'est couchée sur le pays de ma petite enfance.

Dans la plus belle campagne du Québec où je suis venue dormir, elle a couvert d'une épaisse nappe le toit des maisons. Puis elle a coiffé de gros bonnets blancs les branches des arbres et les poteaux de l'immense galerie qui donne sur la côte. C'est sur le coup de minuit que la rafale venue du Nord, étourdie par le plaisir de sa course, s'est amusée à effacer les dernières traces d'un automne qui tardait à se retirer.

Ce matin, tout est changé. La poudrerie s'étant apaisée, la terre, sous son édredon blanc, vient de s'assoupir. Les cheminées crachent une épaisse fumée blanche et l'odeur du feu de bois se répand dans l'air pur. La vieille chatte de la voisine, avec une insistance troublante, est venue réclamer l'hospitalité.

Les souvenirs se bousculent dans ma mémoire. Je revois Lola, son capuchon de lapin blanc, ses mitaines rouges, sa crémone de laine qui sent la boule à mite et qui, pour la tenir au chaud, fait trois fois le tour de son cou. Son frère, le plus petit, hurlant de plaisir, s'est jeté dans la couche épaisse qui obstrue l'entrée de la remise. Sur le dos, les bras en croix, il savoure la fraîcheur des flocons qui couvrent son visage. Le givre s'est accroché à ses paupières et ses grands yeux bleus se sont fermés pour mieux entrer dans la magie du bonhomme de neige.

Le temps m'échappe et me voilà comme autrefois dans un désir fou d'aller me rouler dans ce nuage blanc directement tombé du pays du Bon Dieu.

Aux fenêtres des maisons, on aperçoit des marmailles, le nez collé à la vitre, qui s'éveillent à la beauté d'un paradis de neige. D'un vol rapide, les oiseaux se mettent à la recherche d'un dernier petit fruit oublié sur une branche d'arbre dénudée. La mésange, courageuse et fragile, accélère le rythme de son cœur et, de son chant frileux, donne le signal d'une saison nouvelle.

Demain, on fixera des grelots au cou des chevaux et on les mettra au trot pour célébrer avec éclat l'arrivée de l'hiver. Dans la carriole qui conduit à la grand-messe, on se partagera la chaleur de la peau de chat et des briques chaudes fraîchement sorties du fourneau. À la descente qui conduit au pont couvert, la vieille jument épandra son crottin chaud et ralentira la course des traîneaux bondés d'enfants aux yeux fermés par la peur et le vent. Au centre du village, les petits useront leur fond de culotte sur un petit rond de glace et se donneront en spectacle aux grandes personnes qui les applaudiront.

Derrière les portes closes, les vieillards se sont lentement approchés du feu où pétille une bûche d'érable. Ils entrent dans un espace de solitude et de longue attente que seule la visite des enfants viendra peut-être briser. Eux le savent : c'est en hiver que l'hospitalité prend tout son sens et que la soupe chaude a bien meilleur goût.

La ville ne sait que faire de cette saison blanche qui porte en son ventre les rêves des petits et la nostalgie des vieilles gens. La campagne, mieux que tout autre lieu, offre les rendez-vous avec le monde des étoiles et des lunes rondes qui réveillent les amours.

La ville ne sait que faire de cette saison blanche qui porte en son ventre les rêves des petits et la nostalgie des vieilles gens.

C'est dans ce pays de poudrerie que dansent les plus beaux mots de la langue française. Et c'est dans la mémoire des aînés que désormais, à la file indienne, ils prolongent l'histoire de chez nous.

Givre. Rafale. Cristaux. Flocons. Crémone. Frimas. Mitaines. Feux de bois.

Cheminées. Grelot. Traîneaux. Gelure. Glaçon. Froidure. Carriole.

Cette nuit, au pays du Québec, l'hiver s'est mis au monde.

Et voilà que ce matin, moi, debout à la fenêtre givrée d'étoiles blanches, j'ai 5 ans.

Et pourquoi pas le grand six pieds!

La nostalgie me connaît bien. Il m'arrive parfois d'en éprouver une gêne. Comme si j'avais tort de bercer mes rêves menacés, ou, peut-être, à jamais perdus dans un passé sur lequel j'ai peine à dire: Bonne nuit.

Dans ce pays de neige où je dormais l'autre nuit, est venue me rejoindre, dans l'absence de sommeil, une voix superbe et tendre avec, au-dedans, son petit grain de sable. Enveloppante aussi comme l'âme du pays.

Et j'ai refait avec Claude Gauthier le plus beau voyage.

Près de la fenêtre givrée, je m'approchai pour mieux écouter le poudrerie qui chantait et me replongeait dans les mots superbes de ce grand poète de chez nous:

« Je suis de janvier sous zéro… de lacs et de rivières… Je suis de sucre et d'eau d'érable… De Pater noster de credo… Je suis d'octobre et d'espérance… Je suis une race en péril… Je suis d'Amérique et de France. »

« Je suis Québec mort ou vivant. »

Alors m'est venu le souvenir de tous ceux qui, debout dans la mort, tenaient au bout de leurs bras, le rêve d'un pays à naître.

Puis, soudain, quelque chose en moi s'est mis à pleurer.

Puis, c'était l'heure du café chaud. Et voilà que les premières clartés du jour venaient me commander l'espoir. Dans mes bras, la chatte s'est mise à danser au rythme déchaîné du « grand six pieds, poilu en plus… » et combien « fier de son âme ».

Alors la vie, au petit matin, venait de se mettre à rire.

Et surtout ne prends pas froid

Ma chatte dort sur sa vieillesse. Autant que faire se peut, dans un rayon de soleil. Et parfois, sur une tablette d'armoire… Tout comme si elle était gênée de sa fatigue.

CHOISIS ET PRÉCIEUX comme des coquillages de mer, les êtres que j'espère sont des êtres de silence.

Ils sont ailleurs, quelque part, dans la force du lien qui me lie à eux. Ils marchent au loin dans l'espace secret de mes jours et connaissent ma solitude qu'ils habitent sur la pointe des pieds. Jamais, ils ne s'effrayent de mes vertiges mais ils les entendent dans l'écho troublé de mes mots. Avec insistance, ils questionnent le mouvement de l'univers et déposent du mystère sur l'origine des choses. Dans leur regard, on peut lire la passion du savoir et le courage du doute.

Ils viennent à l'improviste et, chaque fois, nous causons comme on cause pour une dernière fois. Alors, nous savourons notre bordeaux préféré, réinventant l'espoir tenace du pays à naître.

L'un d'eux est d'un autre temps, d'un autre âge. Il y a chez lui la fougue, le risque, la démesure et la passion d'un présent à mettre au monde. Alors, nous harmonisons nos pas sur la ville endormie, apprivoisant ainsi les fantômes du soir et la fuite des heures.

Avec le même plaisir, nous partageons le *Requiem* de Mozart, *La force du destin*, et les voix envoûtantes de Reggiani, Barbara et, bien sûr, Renée Claude qui, de son souffle soutenu, immortalise l'âme de Ferré.

Dans la discrétion et l'amitié profonde, ils me confirment mon existence et me rassurent sur le temps qu'il fait à l'ho-rizon de mes utopies. Leur présence, lourde de sens, fait une toute petite brèche dans le mystère de vivre et de mourir. Une brèche que nous creusons de nos mains écorchées.

À contre-jour, sur cette dernière saison de ma vie, ils ne font que passer.

Par temps clair, je les entends au loin me dire ces mots de tendresse :

« Et surtout ne prends pas froid. »

Et ça ressemble au bonheur.

Avoir cent ans

S'il m'arrivait un jour d'avoir cent ans,
— j'ai la trouille rien que d'y penser —
ne m'exposez pas aux feux des caméras
comme un trophée d'endurance à la vie
qui m'a tant fait rire et pleurer.

Entourez-moi plutôt de vos bras et dites-moi
le temps qu'il fait dehors.

Petite Lola

Lettre à une petite fille qui,
berçant sa poupée, ne savait pas
qu'elle berçait la rumeur du monde.

CE SOIR, je me sens bien loin dans l'espace d'une vieillesse qui, jour après jour, s'impose à la manière d'une grande fatigue. Je viens vers toi, Lola, à ce moment précis où le temps me presse et où le compte de mes jours me laisse entrevoir la ligne d'horizon. Cette image d'un horizon lointain me rappelle les décors flamboyants, à perte de vue, derrière la grange du grand-père. Tu te souviens ? Par beau temps, chaque soir, il y avait quelque chose comme une noce à l'autre bout des champs. Que de fois toi et moi avons contemplé au loin, tout au fond, à la limite des terres cultivables cette magie d'une lumière qui bougeait et descendait jusqu'à ne plus être vue. Devant cet incommunicable spectacle, nous avions la certitude qu'au-delà de cet immense faisceau lumineux, le soleil passant par là avant d'aller dormir, rien d'autre ne pouvait exister si ce n'était quelque chose d'innommable. Peut-être bien une sorte de paradis.

Tu sais, Lola, il m'a fallu beaucoup de jours pour m'approcher de ce qui pourrait être le terme de mon voyage. Chaque matin, habitée tantôt par le doute, tantôt par l'espoir tenace d'y arriver, j'ai dû reprendre le même sentier. Le mien. Durant ce long parcours, j'ai apprivoisé le bonheur d'inventer la vie, j'ai jonglé avec l'éphémère et me suis laissée glisser amoureusement dans le rythme du temps. Mais comme toi, Lola, j'ai été parfois hantée par la peur des ombres et des fantômes qui s'agitaient en des circonstances les plus imprévisibles. Alors, à folle allure, je fuyais sur ma route comme si la perspective du bonheur devenait pour moi tout aussi redoutable que celle du malheur.

Un jour, Lola, une petite fille comme toi mit sa mère dans l'embarras quand elle lui posa une question incroyable : « Dis, maman, c'est quand la vie ? » Cette petite, elle devait en avoir plein la tête de ces questions étonnantes ! Moi, je te dirais que la vie que nous connaissons toi et moi, c'est maintenant. C'est tout de suite. Pour que tu comprennes bien, je dirais que la vie c'est comme un parfum qui remplit l'espace. La vie elle flotte, elle respire en toi, elle court sans jamais nous dire d'où elle vient ni où elle va.

Parfois, elle rit au fond de nous et, d'autres fois, elle pleure. C'est elle qui fait surgir les crocus au printemps.

La vie c'est une grande énergie qui bouge tout le temps.

C'est elle aussi qui fait bondir la chatte sur mes genoux et qui fait tenir aux branches des arbres les oiseaux qui dorment debout sur leurs pattes. La vie c'est une grande énergie qui bouge tout le temps. Jamais elle ne se repose. C'est parce qu'elle est toujours en mouvement qu'on n'a jamais fini de la comprendre. Parfois généreuse et enivrante, on peut dire aussi qu'elle est, à certains moments, éprouvante et fuyante. Et c'est souvent quand la mort survient autour de soi qu'on se fâche contre la vie. On dit qu'elle est injuste et cruelle. Étrangement, on ne dit pas que la vie est méchante quand l'hiver fait place au printemps. Et pourtant c'est pareil, toutes choses ayant un commencement et une fin. Les savants disent que c'est dans l'ordre des choses. La vie est ainsi faite qu'elle n'existerait pas si elle ne faisait pas la boucle avec la mort à la manière d'une élégante spirale vers le haut. Elle n'existerait pas si elle n'était pas propulsée dans sa dynamique par la mort. Ces choses sont bien difficiles à comprendre mais elles sont au cœur d'une réalité : la nôtre.

La mort, quand elle arrive, fait d'immenses chagrins autour d'elle. Quand ton amie Bérangère est décédée à l'hôpital, c'est que la vie l'avait doucement quittée pour aller ailleurs. Parce que la vie va toujours ailleurs. Comme le coucher de soleil qui se laissait descendre en arrière de la montagne. Peut-être bien que la vie de Bérangère est allée rejoindre un quartier de lune ou un bel enfant qui avait du mal à venir au monde.

La mort, tu sais, ce n'est pas triste au point de ne pouvoir jamais se consoler. Mais il faut parfois beaucoup de temps pour oublier que le petit chat a déserté la maison ou que le serin qui chantait si bien dans la salle à manger, ayant pris froid, a été retrouvé mort dans le fond de sa cage. Mais perdre ses amis ou ses parents, ça fait des chagrins bien plus immenses. Aussi, quand cela survient, il faut beaucoup parler de sa peine, car, tu sais, lorsqu'on pleure ou qu'on raconte son désarroi, ça fait de la place pour la vie au-dedans de soi et, tout doucement, ça console. Alors, on se souvient du coucher de soleil et de l'horizon lumineux qui se cachaient derrière la grange du grand-père.

Mais Lola, il faut que je te dise qu'il y a un grand mystère dans la vie et la mort. Tu m'apprenais l'autre jour que ton professeur de catéchèse disait qu'il y a des mystères partout et que le plus gros des mystères, c'est le Bon Dieu. Il n'avait pas tout à fait tort quand il disait cela, ton professeur. Encore ne faut-il pas imaginer des mystères sans avoir beaucoup réfléchi, car il arrive qu'en grandissant on découvre des réponses à certaines questions qu'on se posait au temps où l'on était petit. Mais, pour le Bon Dieu, c'est vrai que c'est un bien grand mystère. Mais un mystère, c'est superbe. Un mystère, c'est comme un conte qui ne finit jamais. C'est comme un conte dans lequel on peut inscrire nos plus beaux rêves. On dit que c'est un mystère parce que personne n'a trouvé de réponse à nos questions

Un mystère, c'est comme un conte qui ne finit jamais.

sur le Bon Dieu. Alors on imagine qu'il est quelque part derrière les couchers de soleil, qu'il s'enroule dans la neige blanche, qu'il se cache dans le cœur des enfants et parfois qu'on le retrouve dans les églises, là où il y a du silence et des lumières. Moi, je fais confiance au Bon Dieu et je me dis qu'il est partout où se trouve l'amour, comme dans le cœur des enfants, dans les yeux des grands-mères, dans la musique de Mozart, dans les couchers de lune, dans la tendresse des mamans et la magie des papas qui soulèvent les enfants au bout de leurs bras. Le Bon Dieu, Il est là et c'est un superbe mystère ! J'oserais dire que la vie serait moins étonnante et infiniment moins merveilleuse s'il n'y avait pas l'incertitude et la fragilité des heures qui passent.

Petite Lola, je veux te dire que, même si parfois la vie est contrariante et qu'elle met le cœur à l'épreuve, elle n'en fourmille pas moins de promesses et d'enchantement. Libre à toi d'y déposer les bons ingrédients. Parfois tu y arriveras. Parfois pas. Alors tu réinventeras la recette. Moi, quand je regarde ma vie avec une pointe d'humour, je pense qu'elle ressemble étrangement au bonsaï, cette plante têtue qui épouse les formes qu'on lui donne et qui, audacieusement, lance un sacré défi au temps fou de la modernité.

Ma petite Lola, cette lettre est bien sérieuse. Peut-être trop. Mais il y a tant de pensées qui tournent en rond au fond de moi. Peut-être ne les as-tu entendues qu'à demi. Ce n'est pas grave. Dépose cette confidence dans ton coffre secret et si un jour tu avais le goût de repenser la vie, tu découvriras, sur ce papier que le temps aura jauni, une longue réflexion. Celle d'une grand-mère qui te portait bien au chaud dans son cœur et qui, peut-être bien, voulait, auprès de toi, apprivoiser sa propre peur d'aller vers un ailleurs dont on ne sait rien, mais qui, selon la touchante expression du poète Fernand Dumont, pourrait bien être le matin...

Petite Lola, à toi, l'âme d'une enfance retrouvée, je dis : « Bonne nuit la vie. »

Au-delà du temps

Ici, l'inachèvement de l'œuvre n'est donc pas extérieur à elle-même. N'est point dû à la cessation de la vie. Il est intérieur. Il est signe d'une faille, d'une fêlure, d'une blessure secrète qui, du fond de l'œuvre, illumine la création. Par cette blessure, le jour se glisse.

ALAIN MÉDAM

AU-DELÀ DU TEMPS, les mots courent toujours. Dans les jardins de muguets. Sous les ailes d'oiseaux migrateurs ou, mieux encore, suspendus à la danse des flocons de neige.

C'est le vent du Québec qui les fait virevolter jusqu'à se marier aux poussières d'étoiles.

Et ce soir, la vie est vivante.

Épilogue

On passe sa vie à se mettre au monde.
Et voilà qu'un jour,
on n'y arrive plus.

Risquer l'espérance

Toute vie, à son heure, entre dans sa dernière nuit. Tantôt brusquement, interdisant tout regard en arrière et toute parole sur ce qui a eu lieu. Tantôt doucement comme la fin d'une journée d'été qui s'éternise pour mieux se saisir du temps qui reste. Pour mieux mesurer le poids du bonheur, des regrets, de l'espoir et de la peur.

La nuit : ce moment étrange où la conscience, lentement, se referme sur elle-même. Cette obscurité qui se pose sur le temps. Cette inconnue qui m'effraye autant qu'elle me séduit. Ce merveilleux mystère qui tourmente la pensée humaine !

À des années-lumière de la terre, la nuit, là où vivent et s'illuminent les étoiles.

Pour qu'à l'image des papillons de velours sombre, pour que le sphinx des lauriers roses qui renaît de ses cendres me saisisse sous son aile et m'emporte dans son vol puissant, ce matin, jusqu'à mon dernier souffle sur la flamme de mes jours, je dirai :

Bonne nuit la vie !

Remerciements

Dans ce livre, il y a des voix qui chantent,
et d'immenses poètes qui, de leurs mots, à eux seuls,
font le tour de la terre.

Puis, il y a le souffle de ceux et celles qui,
par leur présence discrète,
m'ont soutenue dans cette aventure.
Principalement :
Raymond et mes sœurs Jeannine et Denise.

Aussi ceux qui, si patiemment, m'ont initiée
aux disciplines du redoutable ordinateur :
Gérald Gobeil et Raymond Bilodeau

Merci
Aux amis Jeannette et Jean Marcoux :
premiers et si fidèles lecteurs
Camille et Jean Proulx : critiques et sources d'inspiration
Bernard Yelle : pour ses gros plans sur les petits bonheurs

Anne Peyrouse : professeure et auteure littéraire
Hubert Massé : une présence qui s'entend.

Merci à l'équipe des éditions du Septentrion
et à ses collaborateurs :
François Baby et Jeanne-d'Arc Lafrance.

Puis, sublime nuisance !

Il y a aussi dans ces pages le ronronnement
de la chatte Gaïa qui, tant de fois, de tout son long,
s'est confortablement installée sur la page en chantier.

Bibliographie

Ben Jelloun, Tahar, *Cette aveuglante absence de lumière*, Paris, Seuil, 2001.

Bertrand, Pierre, *Éloge de la fragilité*, Montréal, Liber, 2000.

Bobin, Christian, *La Souveraineté du vide*, Paris, Gallimard, 1995.

Crowfoot, cité par Serge Bouchard dans « Il y a cent mille ans que l'on meurt », *Le Devoir* du 27 mai 2003.

Desrochers, Clémence, *De la factrie au jardin*, disque, Québec, 2003.

Dumont, Fernand, *La part de l'ombre*, Québec, L'Hexagone, 1996.

Gibran, Khalil, *Le Prophète. Cahiers des poètes catholiques*, Casterman, 1956.

Leclerc, Félix, *La Vie*, 1967, disque Philips, 844.717.

Médam, Alain, *La Tentation de l'œuvre*, Montréal, Liber, 2002.

Miron, Gaston, *L'Homme rapaillé*, Montréal, Typo, 1996.

Morency, Pierre, *À l'heure du loup*, Montréal, Boréal, 2002.

Proulx, Jean, *Au matin des trois soleils*, Québec, Septentrion, 1992.

Savard, Félix-Antoine, *Aux marges du silence*, Garneau, 1975.

Singer, Christiane, *Les Sept Nuits de la reine*, Paris, Albin Michel, 2002.

Tillich, Paul, *Le Courage d'être*, Québec, Les Presses de l'Université Laval, 1999.

Vigneault, Gilles, *Silence*, Montréal, Éditions de l'Arc, 1978.

Table des matières

COMPOSÉ EN MINION CORPS II
SELON UNE MAQUETTE RÉALISÉE PAR JOSÉE LALANCETTE
ET ACHEVÉ D'IMPRIMER EN AVRIL 2004
SUR LES PRESSES DE AGMV-MARQUIS
À CAP-SAINT-IGNACE, QUÉBEC
POUR LE COMPTE DE DENIS VAUGEOIS
ÉDITEUR À L'ENSEIGNE DU SEPTENTRION